Engels Federn

Tanja Nause

1ª Edición, 1ª impresión
1. Auflage, 1. Druck

© Editorial Idiomas, S.L. Unipersonal, 2017
© Tanja Nause, 2017

Depósito Legal: M-21073-2017
ISBN: 978-84-8141-057-0

Editoras/Verlegerinnen: Michaela Hueber, Sophie Caesar
Redacción/Redaktion: Matthias Jäckel, Sophie Caesar
Maquetación/Lay-Out: Conny Schmitz
Diseño cubierta/Umschlaggestaltung: Conny Schmitz
Impresión/Druck: Javelcom Gráfica, S.L.

Derechos de las fotos/Bildnachweise:

Foto de portada/Umschlagfoto	Gettyimages Europa
S. 5, 8, 10, 99, 111	Sophie Caesar
S. 15, 17, 21, 22, 97, 100, 101, 102	Günter Nause
S. 24, 40, 45, 48, 69, 73, 78, 80	Tanja Nause
S. 31	Katja Wirth
S. 33	Thinkstock

Angels Gulthe

Engels Federn

BERLIN I

Eine alte Schachtel

Josefine hält den Atem an.
Jetzt ist es soweit.

Vor ihr steht eine Schachtel. Es ist eine schöne Schachtel von
der Größe eines Schuhkartons. Von außen ist die Schachtel mit
blauem Seidenpapier beklebt. Sehr schön und sehr sorgfältig.
Jemand hat sehr viel Zeit darauf verwendet, diese Schachtel zu
bekleben. Josefine weiß, dass die Schachtel alt ist. Die Schachtel
gehört nicht Josefine, oder zumindest gehört sie ihr noch nicht
lange. Darüber darf sie jetzt nicht nachdenken.

Vorsichtig hebt sie den Deckel an. Das blaue Seidenpapier raschelt.

In Josefine steigen die Bilder des Sommerfestes auf. Sie sieht die
Mieter ihres Hauses in Berlin, Meyerbeer 26, vor sich, die an
jenem Abend im Hof zusammengekommen waren, um auf die
alte Frau Zebunke anzustoßen. Um diese alte Frau zu feiern, die
im Sommer 85 Jahre alt geworden war.

Berlin, Meyerbeer 26

Die Meyerbeerstraße in Berlin liegt im Stadtbezirk Weißensee, im Norden von Berlin. Sie wurde nach dem Opern-
komponisten Giacomo Meyerbeer benannt und befindet
sich im »Komponistenviertel«. Über die Mieter des Hauses
Nummer 26 und ihre Geschichten gibt es ein Lektürebuch.
Einige der in »Engels Federn« erwähnten Mieter der Meyerbeer 26 lernt man dort besser kennen.

Das Sommerfest war eine große Party für Frau Zebunke. Josefine sieht sie wieder vor sich. Sie sieht ihr Gesicht wieder und ihr Lächeln, das immer etwas mädchenhaft geblieben war. Plötzlich fallen Tropfen auf das nachtblaue Seidenpapier des Kartons. Josefine muss sich zusammenreißen.

Entschlossen fasst sie den Deckel mit beiden Händen an. Sie sieht sich wieder mit Frau Groschmann reden und hält inne. Sie sieht sich, wie sie gemeinsam zu Frau Zebunke hinüberblickten. Und wie sie lächeln mussten. Denn Frau Zebunke war, während Herr Groschmann eine Rede über sie gehalten hatte, während er redete und redete und redete ... tief und fest eingeschlafen.

»Ach, mein Mann!«, hatte Frau Groschmann nur gesagt.

»Ich fand seine Rede gut«, hatte Josefine geantwortet.

»Na ja, vielleicht war seine Rede ein wenig ... lang«, hatte Frau Groschmann gesagt und auf die schlafende Frau Zebunke gezeigt. Josefine sieht sich wieder, wie sie ihre Hand ausstreckt, um Frau Zebunke zu wecken. Frau Groschmann lacht noch, und auch Josefine lächelt, als ihre Hand bereits etwas Furchtbares wahrnimmt.

Und es dauert bestimmt noch einmal eine Viertelsekunde, vielleicht sogar eine halbe, bevor sie endlich aufhört, zu lächeln. Bevor ihr Kopf endlich die Wahrheit begreift: Frau Zebunke schläft gar nicht.

Die Stimmung des wunderbaren Sommerabends schlug von einem Moment zum anderen um. Alles Lachen und alle Fröhlichkeit verschwanden. Mit einem Mal. Stumm versammelten sich die Nachbarn um den Stuhl, auf dem Frau Zebunke saß.
»Das gibt es doch gar nicht«, flüsterte Herr Groschmann. Seine Stimme klang leer.
»Müssen wir nicht einen Arzt rufen?«, sagte Carlos leise zu Josefine.
»Warte noch«, sagte Josefine.

Lange hatten die Hausbewohner gezögert, etwas zu unternehmen. Sie standen stumm um Frau Zebunke herum. Josefine hatte sich hingekniet und die kalte Hand Frau Zebunkes in ihre genommen. Jeder wollte den Moment des Abschiednehmens von der alten Nachbarin so lange wie möglich hinauszögern.
»85 Jahre alt«, sagte Olaf.
»Und 70 Jahre in Berlin, Meyerbeer 26«, sagte Richard.
»Hat sie überhaupt Verwandte?«, fragte Jutta Gebhardt.
Jetzt sahen alle auf Josefine hinab.
»Ich weiß es nicht«, sagte Josefine.
Später kam der Arzt. Noch in derselben Nacht nahm ein Leichenwagen Frau Zebunke mit.

»Ich muss noch mal kurz weg«, hatte Josefine in dieser Nacht zu Carlos gesagt.
»Wohin musst du denn jetzt?«, hatte er gefragt. »Um diese Uhrzeit?«
Stumm hatte ihm Josefine einen Schlüssel entgegengehalten.

»Spinnst du?«, hatte Carlos gesagt.
»Vielleicht«, hatte Josefine geantwortet.
Und dann war sie einfach in Frau Zebunkes Wohnung gegangen.

Licht brauchte sie nicht, sie kannte sich in Anni Zebunkes
Wohnung gut aus. Durch die Fenster schien das trübe Licht der
Straßenlaternen und tauchte alles in ein orangefarbenes Grau.
Josefine war langsam durch das Wohnzimmer gegangen. Sie hatte
das alte Sofa begrüßt und den Ohrensessel. Dann war sie in die
Küche gegangen. Eine Weile stand sie vor dem alten Küchen-
schrank, auf dem eine Packung Malzkaffee stand. All die schönen
alten Sachen von Frau Zebunke! Die Standuhr im Flur! Wie oft
hatte Josefine das tiefe *Tick-tock* dieser Uhr schon draußen auf
dem Treppenflur gehört! Und sich zu Hause gefühlt!

Josefine begann, die Dinge in Anni Zebunkes Wohnung
verschwommen wahrzunehmen, und wischte sich über die Augen.
Sie sollte wieder nach oben gehen. Das war doch kriminell,

einfach in die Wohnung einer anderen Person zu gehen. Aber Frau Zebunke war tot!

Am Ende betrat Josefine doch noch das Schlafzimmer. Das war der einzige Raum, in dem sie noch nie gewesen war. Mit der Hand berührte sie die Decke, die über Anni Zebunkes Bett gebreitet war. Unfassbar. Und dann sah Josefine die Schachtel auf dem Nachttisch neben dem Bett. Josefine wusste sofort, dass sie genau diese alte Schachtel mitnehmen musste.

Oben in ihrer Wohnung hatte sie deswegen einen längeren Streit mit Carlos.

»Bist du verrückt geworden?«, fragte er. »Du kannst doch nicht einfach Sachen aus anderen Wohnungen stehlen. Frau Zebunke ist tot!«

»Das weiß ich selbst«, antwortete Josefine. »Aber ich brauche noch Anhaltspunkte.«

»Spielst du Detektiv?«, fragte Carlos.

»Nein«, sagte Josefine. »Ich meine damit Dinge, die mich an Frau Zebunke erinnern.«

»Aber du hast doch deine Erinnerungen! Wir brauchen nichts anderes. Solange wir uns an Frau Zebunke erinnern, wird sie bei uns sein.«

»Das *reicht mir aber nicht*«, sagte Josefine. Sie war plötzlich wütend. Wütend auf Carlos, obwohl er überhaupt nichts dafür konnte.

»Es gibt so viele Dinge in Anni Zebunkes Leben, über die ich nichts weiß, absolut nichts! Und über die ich etwas wissen muss! Über ihre Familie! Über ihre Freunde!«

»Du spielst Detektiv und machst dich damit zum Dieb!«, sagte Carlos.

»Jetzt übertreib mal nicht«, sagte Josefine.

»Ich übertreibe nicht! Das ist nicht deine Schachtel. Du bist nachts in eine fremde Wohnung eingebrochen – die Wohnung einer Nachbarin! – und hast die Schachtel einfach mitgenommen. Das ist Diebstahl. Du musst sie zurückbringen!«

»Die bringe ich doch nicht *zurück*! Frau Zebunke war viel mehr als eine Nachbarin. Sie hätte es ganz sicher so gewollt!«

»Woher willst du das denn jetzt wissen?«, fragte Carlos. »Wenn sie das wirklich so gewollt hätte, warum hat dir Frau Zebunke die Schachtel dann niemals gezeigt?«

Darauf weiß Josefine keine Antwort. Sie weiß nicht, warum Anni Zebunke niemals von der Schachtel im Schlafzimmer gesprochen hat. Warum sie ihr die Schachtel niemals gezeigt hat.

Endlich hebt sie den Deckel von dem alten Karton.

Spuren

Josefine rechnet mit allen möglichen Dingen, die sie in der alten
Schachtel von Frau Zebunke finden könnte: Schmuck, Muscheln,
Hühnergötter, Steine … Frau Zebunke liebte solche Sachen.

Vor allem aber rechnet Josefine mit Briefen. Tief in ihrem Innern
rechnet Josefine damit, in dieser Schachtel *Liebesbriefe* zu finden.
Sie hofft sehr darauf. Josefine stellt sich vor, wie sie in der alten
Schachtel Briefe von Hans findet. Von jenem Hans, von dem ihr
Anni Zebunke erst vor wenigen Wochen zum ersten Mal erzählt
hat. Von Hans, den Anni Zebunke im Sommer 1941 kennengelernt hatte. Jenem Hans, der in der jüdischen Taubstummenanstalt in Weißensee Hausmeister gewesen war. Hans, der mit
Anni Zebunke lange Spaziergänge unternommen hatte. Den
Anni Zebunke sogar heiraten wollte! Von jenem Hans, der in
einer Nachtaktion der Nazis 1942 nach Theresienstadt deportiert
worden war. Dessen Spuren sich danach verloren haben. Von
jenem Hans, von dem nichts weiter bekannt war. Kein Sterbe-
datum. Kein Grabstein. Nichts.

Deportationen nach Theresienstadt
Ab Oktober 1941 wurden alle jüdischen Einwohner Berlins
systematisch aufgefordert, an sogenannten »Umsiedlungs-
aktionen« teilzunehmen. Das heißt, sie wurden von der
Gestapo (»Geheime Staatspolizei«) aufgefordert, sich im
Gemeindehaus Große Hamburger Straße 26 zu einem
bestimmten Termin einzufinden. Von dort wurden sie in
Zügen zunächst in die jüdischen Ghettos nach Łódź (Litz-
mannstadt), Riga oder Warschau, ab Ende 1942 direkt nach
Auschwitz-Birkenau und Theresienstadt gebracht.

Ende März 1943 waren diese Massendeportationen »abge-
schlossen«. Aus Berlin wurden insgesamt über 50.000
deutsche Juden deportiert. Die sogenannten »Altentrans-
porte« gingen direkt nach Theresienstadt. Die damaligen
Bewohner der Israelitischen Taubstummen-Anstalt in der
Parkstraße wurden Ende 1942 in einem dieser »Altentrans-
porte« nach Theresienstadt deportiert.
In der tschechischen Garnisonsstadt Terezín war im November und Dezember 1941 von den Nationalsozialisten ein
»Sammellager« errichtet worden. Dieses Lager Theresienstadt sollte ein Modellghetto (»Altersghetto«) mit »Vorzeige-
charakter« sein. Zwei offizielle Propagandafilme wurden
hier gedreht, das Lager wurde auch vom Internationalen
Roten Kreuz besichtigt. In Wirklichkeit war Theresienstadt aber ein Konzentrationslager: Über 140.000 jüdische
Menschen wurden aus dem gesamten deutschen Gebiet nach
Theresienstadt deportiert, davon wurden 88.000 Menschen
in andere Vernichtungslager verschleppt, 33.500 starben an
den unmenschlichen Lebensumständen in Theresienstadt
selbst. Etwa 750 Menschen konnten aus dem KZ fliehen.
Knapp 17.000 jüdische Menschen wurden 1945 befreit.

Josefine möchte die Spuren von Hans nicht verlieren. Josefine
möchte überhaupt nichts von Hans und vor allem nichts von Anni
Zebunke verlieren. Im Gegenteil! Sie möchte gern mehr über
Hans und Anni erfahren. Sie fühlt, dass dieses Kapitel noch nicht
zu Ende sein kann. Nicht zu Ende sein darf! Ein Kapitel, das Frau
Zebunke in den Gesprächen mit Josefine nur angedeutet hat. Und
vielleicht war das ja genau der Grund dafür, dass Frau Zebunke
ihr die Schachtel niemals gezeigt hat? Weil dort Liebesbriefe von
Hans lagen?

Endlich blickt Josefine in die Schachtel. Aber was zum Vorschein kommt, entspricht überhaupt nicht ihren Erwartungen! Sie findet keine Briefe, nicht einen einzigen! Stattdessen findet sie einige Fotos, eine alte Karte mit dem Bildnis eines Mannes mit Bart und einer Unterschrift, die Josefine nicht lesen kann, und außerdem einen alten Füllfederhalter.
»Na toll«, sagt Josefine.
Dann nimmt sie vorsichtig die Fotos aus der Schachtel.

Es sind alte Fotos in schwarz und weiß von der jungen Anni Zebunke, soweit Josefine das auf den ersten Blick erkennen kann. Die Fotos sind sehr klein. Manche haben einen gezackten Rand. Nur zwei der Fotos sind ein wenig größer. Eines dieser größeren Fotos ist die Porträtaufnahme einer sehr schönen jungen Frau. Das ist nicht Anni Zebunke. Josefine findet dieselbe Frau dann noch auf fünf der kleineren Fotos, immer zusammen mit der jungen Anni. Die übrigen Bilder zeigen ein altes Fachwerkhaus. Was hat das zu bedeuten?

Fachwerk

Die Fachwerk-Bauweise ist typisch für viele vor allem ländliche Gebiete in Deutschland. In den holzreichen Gegenden nördlich der Alpen hat sich diese Bauweise seit dem Mittelalter weit verbreitet. Als Blütezeit wird das 16. Jahrhundert bezeichnet, insbesondere die Periode um 1550. Auch im 17., 18. und 19. Jahrhundert wurden Fachwerkgebäude errichtet, aber in den Städten dominierte der Steinbau. In Deutschland unterscheidet man zwischen dem »alemannischen Fachwerk« (südwestdeutscher Raum), dem »fränkischen Fachwerk« und dem »niedersächsischen Fachwerk« (norddeutscher Raum).

Josefine dreht die Fotos herum. Auf manchen Fotos ist auf der Rückseite gar nichts zu sehen, nur blankes Papier. Einige Fotos tragen eine aufgedruckte Nummer: 825, 845. Zwei Fotos haben den Stempel eines Labors auf der Rückseite: »Foto-Hofmeister, Dreißigacker«. Das muss der Ort sein, an dem die Bilder damals entwickelt worden sind. *Dreißigacker,* denkt Josefine. Sie hat keine Ahnung, wo das sein soll.

Auf die Porträtaufnahme der jungen Frau hat jemand geschrieben:

> *»Meiner lieben Anni,*
> *gewidmet von*
> *Ihrer*
> *Rosa«*

Josefine starrt auf diesen Schriftzug. Das ist altdeutsche Handschrift.

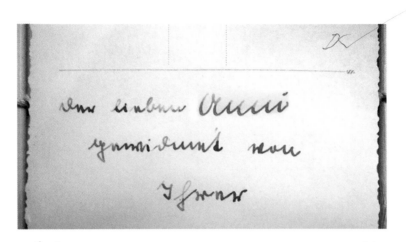

Rosa also. Rosa. Das scheint die andere Frau zu sein, die neben
der jungen Frau Zebunke auf den Fotos zu sehen ist.

Ist sie denn jetzt wirklich eine Verbrecherin, wie Carlos meinte?
Oder vielleicht doch eine Detektivin? Josefine findet es schade,
dass sie keine Pfeife hat. So wie Sherlock Holmes! Und schade
auch, dass Carlos nicht Doktor Watson ist! Aber sie wird es auch
allein schaffen. Josefine holt ihren Atlas hervor und schaut als
erstes einmal nach, wo dieses »Dreißigacker« liegt.

Engel

»Wann bringst du die Schachtel zurück?«, fragt Carlos am Abend.

»Ich bringe die Schachtel nicht zurück!«

»Das ist Diebstahl.«

»Das hast du gestern Nacht auch schon gesagt«, erwidert Josefine.

»Aber ich habe die Schachtel nicht gestohlen. Weil die Schachtel niemandem mehr gehört!«

»Das stimmt doch nicht, Josefine, du machst dir etwas vor! Diese Schachtel gehörte Frau Zebunke! Du belügst dich selbst!«

»Wahrheit und Lüge lassen sich nicht immer klar voneinander unterscheiden«, sagt Josefine nach einer kleinen Pause.

»Wie meinst du das?«, fragt Carlos.

Sie sehen sich an. In diesem Moment klingelt es an der Tür.

Carlos verdreht die Augen und geht öffnen. Draußen steht Nachbar Groschmann.

»Herein«, sagt Carlos.

Herr Groschmann sieht müde aus. Vielleicht hat auch er nicht geschlafen, denkt Josefine. Er tritt wortlos in den Flur, sieht Carlos und Josefine an und sagt: »Wen verständigen wir?«

»Wie bitte?«, fragen Carlos und Josefine wie aus einem Mund.

»Na, wem sagen wir Bescheid?«, fragt Herr Groschmann. »Wen verständigen wir? Frau Zebunke ist tot. Der Totenschein ist ausgestellt, und man hat mich gefragt, wer jetzt verständigt werden soll. Man weiß im Moment nicht, ob Frau Zebunke Verwandte hatte. Geschwister gibt es keine. Aber Verwandte dritten oder vierten Grades?«

»Was sind Verwandte dritten oder vierten Grades?«, fragt Carlos.

Josefine denkt an die alten Fotos, die schöne junge Frau und das alte Fachwerkhaus.

»Ich ... ich recherchiere das gerade.«

Josefine wundert sich, dass sie das wirklich laut gesagt hat. Carlos sieht sie an, als sei sie krank.

»Und?«, fragt Herr Groschmann. »Und … *hatte* Frau Zebunke Verwandte?«

»Ich weiß es noch nicht«, sagt Josefine.

»Wissen Sie, bei den Behörden liegt angeblich nichts vor. Keine Information! Nichts! Das ist unglaublich. Es kann gar nicht sein, dass ein Mensch keine Spuren hinterlässt. Noch dazu ein … ein Mensch wie …«, Herr Groschmann holt ein großes Taschentuch hervor und putzt sich die Nase.

»Ein Mensch wie Frau Zebunke«, sagt er schließlich.

»Ich werde es herausfinden«, sagt Josefine.

»Haben Sie denn schon Anhaltspunkte?«

»Frau Zebunke hat mir vor einiger Zeit ein paar alte Fotos geschenkt. Vielleicht habe ich darauf Anhaltspunkte gefunden.«

»Dann wünsche ich Ihnen Glück, Josefine. Ich bin froh, dass Sie Anhaltspunkte haben.«

Herr Groschmann wendet sich zum Gehen.

»Ich werde natürlich auch weiterforschen.«

Carlos sieht zu Josefine hinüber und verdreht noch einmal die Augen, bevor er sich ebenfalls umwendet, um in die Küche zurückzugehen.

In dieser Nacht geht Josefine nicht ins Bett. Fieberhaft sieht sie sich wieder und wieder die alten Fotos an. Außer der jungen Frau Zebunke und jener mysteriösen »Rosa« gibt es keine weiteren Personen auf den Bildern. Nur auf einem einzigen Foto sieht sie eine dritte Person, und das ist eine Frau mit einem Kochlöffel.

Einmal sitzen Rosa und Anni Zebunke in einem Auto, einem Cabriolet. Sie sehen aus, als hätten sie sich nur zum Spaß in dieses Auto gesetzt. Natürlich haben sich Anni Zebunke und Rosa kein

Auto leisten können. Autos waren damals sehr teuer, nur etwas
für Reiche. Wem wohl dieses schicke Auto gehört hat? Josefine
sieht einen schon etwas älteren Mann vor sich. Er lädt die beiden
jungen Frauen ein, sich in das Auto zu setzen. Rosa lächelt, aber
Anni Zebunke sieht zur Seite. Man sieht, dass sie sich nicht wohl
fühlt in dem fremden Wagen. Was mag sie gedacht haben? Wer
das Foto wohl aufgenommen hat? Auf der Rückseite steht mit
Bleistift »9d« geschrieben. 9d! Das ist alles.
»Himmel!«, flucht Josefine.

Auf einem anderen Foto liegen die beiden in einem Bett, mit
dicken Nachtkleidern, halb zugedeckt, und haben jede eine Ziga-
rette im Mund.

Josefine schaut sehr lange auf dieses Bild. So lange, dass ihr die
Augen wehtun. Wer ist nur diese Rosa?
Ist sie eine Kusine von Anni Zebunke? Was wollen ihr diese
beiden Frauen erzählen? Wieder und wieder sieht sie in ihre
Augen. Aber da ist keine Antwort.

Nach einer langen Zeit fangen Josefines Augen an zu tränen. Unwillig wischt sie sich über das Gesicht. Aber so lange sie auch auf die Fotografie starrt, sie weiß nicht, was die beiden jungen Frauen denken.

»Was ist dein Geheimnis, Rosa?«, fragt Josefine das Foto. Aber das Foto antwortet nicht.

Auch die restlichen Fotos geben keinen Aufschluss. Josefine starrt auf eine Fotografie, auf der nur Anni Zebunke zu sehen ist. Sie sitzt an einem Tisch. Selbst im Sitzen sieht man, dass sie recht groß ist. Anni Zebunke war größer als Rosa. Josefine kennt nur eine kleine Anni Zebunke. Eine alte Frau, längst nicht mehr so groß, wie sie in Jugendjahren einmal war.

»Ich werde es herausfinden«, hatte Josefine versprochen. Sie hatte versprochen herauszufinden, ob Frau Zebunke Verwandte hatte oder nicht! Aber sie ist noch nicht einen Schritt weiter gekommen. Josefine sieht auf die Uhr. Es ist drei Uhr nachts. Und sie weiß … nichts.

Josefine steht auf und geht ans Fenster. Sie sieht hinaus auf die Straße. Langsam lehnt sie die heiße Stirn an das Glas des Fensters. Sie sieht die dunklen Fenster gegenüber. Sie sieht die grauen Straßenbäume. Sie sieht die geparkten Autos. Draußen bewegt nur der Wind die Blätter der Bäume. Josefine macht das Fenster auf und atmet die kühle Nachtluft. Nachts um drei ergibt das Leben einfach keinen Sinn, denkt sie. Die Dinge verlieren ihren Zusammenhang. Josefine kann aber nicht sagen, ob dort draußen alles ineinander verschwimmt, weil sie schon wieder weint, oder ob sie weint, weil dort draußen alles ineinander verschwimmt. Am Ende schließt sie das Fenster wieder. Und nun?

Josefine sollte schlafen gehen und morgen die Lage neu über-
denken. Zurück am Tisch ordnet sie die Fotos auf einen Haufen
und legt sie zurück in die Schachtel. Dabei fällt ihr Blick auf den
alten Füllfederhalter, der noch in der Schachtel liegt. Vorsichtig
nimmt sie ihn heraus.

Sie dreht den Füller in der Hand und bewundert seine Eleganz.
Hat Anni Zebunke damit geschrieben? Briefe? An Hans? Oder an
Rosa? Das Licht spiegelt sich auf der schwarzen, glatten Ober-
fläche. Der Goldbesatz dagegen ist schmutzig und abgenutzt.

Josefine dreht den Füller hin und her. Leider hat sie keine Tinte
im Haus. Sonst würde sie den Füller gleich ausprobieren. Sie stellt
sich vor, wie sie den Füller mit Tinte füllt. Wie sie den Füller
auf ein leeres Blatt Papier setzt. Und plötzlich würde der Füller
zu schreiben beginnen. Ganz von selbst! Wie von Geisterhand
bewegt würde er über das Papier fahren.

Hallo Josefine,

würde er schreiben.

Du suchst etwas? Ich kann Dir helfen ...

Josefine schreckt hoch. Sie muss eingeschlafen sein. Draußen
dämmert es bereits. Während Josefine den Füller erneut in der
Hand dreht, sieht sie plötzlich eine Gravur auf dem hinteren
schwarzen Teil des Füllers. »Engel« ist dort eingraviert. Das Wort
wiederholt sich noch einmal am Deckel des Füllers. Engel.

Natürlich kennt Josefine die Marke »Engel«. Das waren sehr
bekannte Füller damals. Füller aus dem *Westen*. Josefine aber
kommt aus der DDR.

DDR

Die Deutsche Demokratische Republik (DDR) wurde am
7. Oktober 1949 auf dem Gebiet der sowjetischen Besatzungszone in Deutschland gegründet. Ihre Entwicklung
ist von ideologischen Umschwüngen und Zäsuren gekenn-
zeichnet. Einer Phase der Stalinisierung bis 1953 folgte eine
»Tauwetter«-Phase, die in die Konsolidierung des Staates,
die (Zwangs-)Kollektivierung der Landwirtschaft und den
Mauerbau 1961 führte. Die Ablösung Walther Ulbrichts
und die Ernennung Erich Honeckers zum Staats- und
Parteichef 1971 führten zu einer verstärkten Hinwendung
zur Sowjetunion. Repressive Kulturpolitik und stagnierende
Wirtschaft riefen spätestens seit 1982 Proteste in Bürger-
rechtsbewegungen und evangelischen Kirchen hervor.
Gorbatschows Glasnost- und Perestroika-Politik ließen sie
erstarken und machten die »friedliche Revolution« in der
DDR 1989 möglich.

Sie hatte keinen »Engel« gehabt, sondern ihr Schulleben lang mit
Füllern aus dem VEB Schreibgeräte Barbarossa geschrieben. Wer
in der DDR einen »Engel« besaß, der hatte einen Onkel oder eine
Tante im Westen. In Josefines Schulklasse zum Beispiel war es
Judit, die einen »Engel« hatte. »Blauer Engel« hieß der Schulfüller.
Weil er nicht tropfte und keine blauen Finger machte. *Blauer
Engel.* Judit hatte auch Jeans aus dem Westen, und überhaupt war
Judit die am meisten bewunderte Schülerin der gesamten Klasse.

VEB

VEB (Volkseigene Betriebe) entstanden in der DDR durch
Enteignung und Verstaatlichung von Privatunternehmen.
1989 arbeiteten fast 80 Prozent aller Beschäftigten in einem
VEB. Nach dem Ende der DDR wurden die VEB über
eine eigene Einrichtung, die »Treuhandanstalt«, verwaltet,
geschlossen (»abgewickelt«) oder privatisiert.

Josefine schüttelt die alten Erinnerungen ab und nimmt ihren
Laptop hervor. Während das System hochfährt, holt sie sich ein
Glas Wasser. Dann gibt sie die Wörter »Füllfederhalter« und
»Engel« in den Computer ein. Treffer!

Sie landet auf der Webseite der »Federmanufaktur Engel« in
Bamberg. Die auf der Webseite gezeigten Füller sehen anders aus
als der Füller, der vor Josefine liegt. Doch auf der Webseite sieht
sie den gleichen Schriftzug »Engel«, wie er auf Frau Zebunkes
Füller eingraviert ist.

Josefine blickt auf. Sie blickt den Füller an. Entschlossen öffnet sie
das E-Mail-Programm. Die auf der Webseite angegebene E-Mail-

Adresse der Manufaktur lautet »federn@engel.de«. Josefine tippt ohne zu Zögern:

Sehr geehrte Damen und Herren,

ich wende mich mit einer Frage an Sie. Ich bin vor kurzem in den Besitz eines Füllfederhalters aus Ihrer Produktion gekommen. Eine Nachbarin hat diesen Füller besessen. Ich würde gerne mehr über das Modell erfahren. Aus welchem Jahr stammt es? Wie lange wurde es verkauft? In welcher Stückzahl? Vermutlich wundern Sie sich, warum ich das frage. Die Information könnte mir jedoch helfen, mehr über meine Nachbarin zu verstehen. Wenn es möglich wäre, würde ich Ihnen den Füller daher gern zeigen. Ich komme nach Bamberg. Danke für Ihre Hilfe!

Josefine Ludwigs
Meyerbeerstraße 26

Josefine liest die E-Mail noch zweimal durch und verbessert Tippfehler.

»Die werden mich für verrückt halten«, flüstert sie, während sie auf »Senden« klickt.

Draußen ist es längst richtig hell geworden. Die Vögel singen. Ein Berliner Sommermorgen. Josefine ist erschöpft. Sie lässt alles stehen und liegen. Ihre Kraft reicht gerade noch dafür, sich zum Sofa zu schleppen. Dort angekommen, fällt sie nieder und schläft sofort ein.

Postfach

Josefine träumt.
In ihrem Traum ist es sehr hell, die Sonne scheint. Anni Zebunke
kommt auf sie zu. Sie trägt ein langes Nachthemd. Josefine
wundert sich im Traum, dass Anni Zebunke in diesem Nachthemd nicht schwitzt. Anni Zebunke lächelt ihr mädchenhaftes
Lächeln. Josefine streckt die Hand nach ihr aus.
Plötzlich befindet sie sich in einer großen Werkshalle. Die
Maschinen stehen still, die Sonne scheint durch die hohen Fenster
herein. Das Licht flutet über die Maschinen. Sind das Druckma-
schinen? Oder Drehmaschinen? Ein Signal ertönt, ein Alarm-
signal. Josefine weiß, dass sie die leere Fabrikhalle verlassen muss.
Der Alarm schrillt und schrillt ...
»Josefine?«, fragt eine Stimme von weit her.

Josefine schlägt die Augen auf. Die Sonne scheint auf ihr Wohn-
zimmersofa und direkt auf ihr Gesicht. Draußen klingelt jemand
an der Wohnungstür. Außerdem ruft er ihren Namen. Josefine
steht auf und sieht sich um. Carlos ist bereits zur Arbeit gegangen.
Sie geht zur Tür und öffnet. Draußen steht Herr Groschmann.
»Guten Tag, Josefine«, sagt er. »Oh! Habe ich Sie geweckt?«
»Nein ... ja ...«, sagt Josefine, »nein, das ist unwichtig. Was ist los?«
»Nichts ist los!«, sagt Herr Groschmann. »Ich wollte nur einmal
hören, wie Ihre Recherchen laufen.«
Josefine wundert sich. Herr Groschmann ist doch erst gestern
Abend dagewesen. Vielleicht will er einfach reden, denkt sie.
Dann fällt ihr die gestrige Nacht ein. Die Fotos, die Füller, die
Engel.
»Ich bin leider noch nicht sehr viel weitergekommen«, sagt sie.
»Sie sehen müde aus«, sagt Herr Groschmann.
»Kein Problem«, sagt Josefine. »Ich melde mich, sobald ich etwas
weiß.«
Sie schließt die Tür und atmet auf.

Carlos hat Frühstück gemacht und Josefine einen Zettel auf den
Küchentisch gelegt: »Bin zur Arbeit. Du musst mehr schlafen.
Bring die Schachtel zurück! Carlos.«

Josefine lächelt.
Wenn Carlos sich etwas in den Kopf setzt, dann ist er davon nicht
mehr abzubringen. Im Moment hat er sich in den Kopf gesetzt,
dass Josefine eine Diebin ist, weil sie eine alte Schachtel gestohlen
hat. Von einer Toten. Bestimmt stellt Carlos sich vor, wie Josefine
bald im Gefängnis landen wird. Josefine hört auf zu lächeln und
sieht zu ihrem Laptop hinüber. Ob sie ihn anschalten soll?

Sie entscheidet sich, zuerst einen Kaffee zu trinken. Nach dem
Kaffee dreht sie noch eine Runde um das Karree. Dann gibt es
keine Ausflüchte mehr.
Sie ist aufgeregt, als sie das E-Mail-Programm öffnet.

Nichts. Keine Post. Josefine überprüft die Internetverbindung und
schickt sich sogar selbst eine Testmail. Alles funktioniert. Auch
nachdem sie noch dreimal auf „Senden und empfangen" klickt,
bleibt das Postfach leer. Josefine muss einsehen, dass die Manufaktur Engel nicht geantwortet hat. Sie starrt eine Weile ins Leere.
Dann öffnet sie die Webseite der Bahn. Um 13:52 geht ein Zug
nach Bamberg. Das schafft sie nicht mehr. Also 14:40 Uhr!

Jetzt muss Josefine noch eine Nachricht an Carlos schreiben. Sie
seufzt. Carlos wird sicherlich nicht so gut verstehen, dass sie jetzt
dringend nach Bamberg verreisen muss! Sie schreibt auf einen Zettel:

Lieber Carlos,
Anni Zebunke hat einen alten Füller aus Bamberg besessen, aus
dem berühmten Werk „Engel". Ich muss nach Bamberg fahren und
versuchen, etwas darüber herauszufinden. Über die Fotos komme

ich nicht weiter. Vielleicht erfahre ich etwas mehr, wenn ich weiß, wie alt der Füller ist.
Es tut mir sehr leid, dass ich plötzlich wegfahren muss. Ich komme bestimmt morgen Abend zurück.

Josefine liest sich den Zettel zweimal durch. Dann setzt sie hinzu:

Oder jedenfalls so schnell ich kann. Mach Dir keine Sorgen!
Ich hab das Handy dabei. Ich ruf Dich an!
J.

BAMBERG

Fabrik

Josefine sitzt im Hotel »Am Brauerei-Dreieck«. Sie war bei
Ankunft in Bamberg einfach losgelaufen und hatte an diesem
Hotel Halt gemacht. Der Name hatte ihr gefallen: »Brauerei-
Dreieck«. Josefine weiß, dass Bamberg berühmt ist für sein Bier.

Rauchbier
Bamberg ist berühmt für seine Bierbrauereien. Die Kunst
des Bierbrauens reicht in Bamberg mindestens zurück bis
1039. In jenem Jahr verkündete der Bamberger Domherr
Ouldaricus, dass an seinem Todestag der Bevölkerung Frei-
bier ausgeschenkt werden sollte. 1930 gab es 35 Brauereien
in der Stadt, heute sind es noch neun. Sie produzieren über
60 verschiedene Biersorten, darunter das berühmte Rauchbier. Durch langes Rösten der Gerste entsteht der rauchige
Geschmack des Bieres. Die bekanntesten Bamberger
Marken für Rauchbier sind »Spezial« und »Schlenkerla«.

Josefine nimmt sich den Stadtplan von Bamberg vor. Zum
Abtsberg, wo die Federmanufaktur liegt, ist es vom Hotel aus
ein weiter Weg. Im Grunde muss Josefine ganz Bamberg durch-
queren. Sie muss über Wunderburg und Bleichanger bis zum Fluss
hinabsteigen, dann dem Fluss folgen. *Was sie hier für Namen
haben!*, denkt Josefine. *Wunderburg! Bleichanger!* Der Fluss heißt
Regnitz. Bamberg liegt zum Teil auf einer Insel. Josefine muss an
die *Schatzinsel* denken und daran, wie unglaublich das alles ist.
Sie muss Carlos anrufen. Aber zuerst studiert sie den Weg von der
Insel bis zur Manufaktur auf dem Abtsberg. Sie wird morgen früh
um kurz nach neun das Hotel verlassen. Dann atmet Josefine tief
durch und wählt Carlos' Nummer auf ihrem Handy.
»Hallo Josi!«, sagt Carlos.

Josefine fällt ein Stein vom Herzen. Vielleicht ist Carlos gar nicht böse?
»Wie geht es dir?«
»Gut, Josi, und dir? Wie ist Bamberg?«
»Das Hotel ist nett«, sagt Josefine. »Am Brauerei-Dreieck«.
»Wo?«, fragt Carlos. Im Hintergrund hört Josefine Wasser rauschen. Etwas fällt mit lautem Geschepper zu Boden.
»Was machst du gerade?«, fragt Josefine.
»Abendessen«, sagt Carlos.
»Morgen gehe ich in die Manufaktur, den Füller vorzeigen«, sagt Josefine.
»Wissen die, dass du kommst?«
»J … jain«, sagt Josefine.
Carlos schweigt am anderen Ende. Endlich sagt er:
»Na gut. Wenn du meinst. Aber sag denen, dass das nicht *dein* Füller ist!«
»Ja«, sagt Josefine.
»Ich meine nur«, sagt Carlos. »Es ist ja nicht dein Füller, und du musst die Schachtel ja auch noch zurückgeben.«
»Ich ruf dich morgen wieder an«, sagt Josefine.

Am nächsten Morgen um zehn Uhr steht ein älterer Herr vor der Tür zur Federmanufaktur Engel. Er ist sehr groß und hat an den Schläfen graue Haare. Er schaut in die Ferne, als suchte er etwas. Als Josefine direkt vor ihm steht, senkt er seinen Blick auf sie. Eine kleine Sekunde dauert es, bevor er seinen Blick auf sie fokussiert hat. Dann lächelt er.
»Richard Engel«, sagt er und streckt ihr seine Hand entgegen.
»Sehr erfreut!«
»Guten Tag.« Josefine nimmt seine Hand und schüttelt sie kurz. Sie ist sehr verwirrt. Begrüßt er jeden Besucher so?
»Kommen Sie herein!«
Der Mann hält ihr die Tür auf. Josefine geht vor Richard Engel in die Manufaktur. *Er verwechselt mich mit jemand anderem,* denkt

sie. Das würde zumindest das merkwürdige Verhalten dieses
Mannes erklären.

Plötzlich sagt er hinter ihr: »Sie wollen anhand eines alten Füllers
etwas über seinen Besitzer herausbekommen – in dem Fall, seine
Besitzerin. Ein origineller Ansatz.«
Josefine dreht sich um. Ihr Lächeln erstarrt in ihrem Gesicht.
»Aber ... aber woher wissen Sie, dass ... dass ... dass ich das bin?«
Der Mann vor Josefine ist sehr ernst, nur seine Augen scheinen zu
lächeln.
»Ich weiß es eigentlich nicht«, sagt er und sieht sie an. »Aber ich
habe richtig geraten, nicht wahr?«
Das Lächeln um seine Augen verstärkt sich. Viele winzig kleine
Falten versammeln sich darum. Aber noch mehr Falten haben
sich jetzt auf seiner hohen Stirn versammelt.
»Aber nun zeigen Sie mir erst einmal den Füller, von dem Sie
geschrieben haben.«

Füllfederhalter

Die Entwicklung eines Federhalters, dessen Feder gut
schrieb und dessen Tinte nicht tropfte, auslief, eintrocknete
etc., war ein langwieriger Prozess.
Bevor es Füllfederhalter im eigentlichen Sinne gab, wurden
über eine lange Zeit *Vogelfedern* zum Schreiben mit Tinte
verwendet. *Federn aus Stahl* für die Lithographie gibt es
seit 1798. Stahlfedern waren auch die ersten Modelle, die in
Massenproduktion hergestellt wurden. 1852 wurde die erste
Stahlfederfabrik in Deutschland gegründet. Um das Problem
der Verrostung (Korrosion) von Stahlfedern zu lösen, wurden
Goldfedern entwickelt. Gold ist allerdings ein sehr weiches
Metall, das sich schnell abnutzt, so dass die Spitzen der
Federn mit Hartmetallen (Iridium) verhärtet wurden.

Ein anderes Problem war die Befülltechnik. Wie bekam man die Tinte in den Füller hinein, und wie kam die Tinte tropffrei und gleichmäßig wieder heraus?
Zunächst funktionierten sie mit Vakuum: Die ersten Füllfederhalter waren im Inneren mit Schläuchen ausgestattet, die mit Druck- oder Hebelmechanik befüllt wurden. Ein wichtiger Schritt in der Entwicklung der Füllfederhalter war die *Kolbenmechanik*, die in den 40er und 50er Jahren populär wurde und bis heute existiert. Nach dem Zweiten Weltkrieg kam der klassische *Patronenfüller* auf den Markt. Patronenfüller werden bis heute vor allem noch in der Grundschule zum Schreibenlernen verwendet.

Die Werkstatt ist groß und hell. Hölzer liegen in einem Teil, in einer Ecke stehen Maschinen, eine Wand ist über und über mit Werkzeugen bedeckt. In einer anderen Ecke steht ein großes Holzauto für Kinder. Auf einer Werkbank stehen verschiedene Tintenfässer, dort liegen auch mehrere Lupen.

Josefine reicht Richard Engel den Füller von Frau Zebunke. Er dreht ihn hin und her, so, wie es Josefine in ihrer Berliner Wohnung auch gemacht hat. Dann schraubt er den Füller auf und sieht sich die Federspitze an. Er nimmt eine der großen Lupen und betrachtet die Spitze. Als er aufschaut, lächelt er wieder.
»Ein *Herrenstück*«, sagt er. »Eines unserer beliebtesten Modelle aus den späten 50er und 60er Jahren. Viel benutzt, viel geschrieben.«

Richard Engel hat eine dunkle, ruhige Stimme. Fast eine Radiostimme.
»Der Füller stammt aus den 60er Jahren?«, fragt Josefine.

»Ja«, sagt Richard Engel. »1958 auf der Deutschen Industrie-Messe in Hannover erstmals präsentiert.«

»Herrenstück«, sagt Josefine. Komischer Name. »Aber wie ist meine Nachbarin zu diesem Füller gekommen?«

»Gekauft?«, sagt Richard Engel. Er lächelt.

»Frau Zebunke hat ihr gesamtes Leben lang in Ostberlin gelebt. Dort konnte man Ihre Füller nicht kaufen.«

»Dann wird ihn ihr wohl jemand geschenkt haben«, sagt Richard Engel, »meinen Sie nicht?«

Josefine sieht Richard Engel an.

»Und Sie sind sich ganz sicher«, fragt sie noch einmal, »dass das kein Füller ist, der vor dem Zweiten Weltkrieg hergestellt wurde?«

Jetzt lacht Herr Engel.

»Ganz sicher«, sagt er. »Dieser Füller ist hier in Bamberg herge- stellt worden. Und uns gibt es erst seit 1946.«

Josefine versteht gar nichts mehr.

»Aber die Fabrik wurde 1908 gegründet! So steht es doch auf Ihrer Webseite!«

»Kommen Sie, setzen wir uns«, sagt Richard Engel und deutet auf die Werkbank, an der zwei Hocker stehen.

»Kaffee?«

Ohne eine Antwort abzuwarten, schenkt Richard Engel zwei Becher voll. Josefine starrt auf den Füller, der jetzt vor ihr liegt. Anstatt näher an Frau Zebunke heranzukommen, entfernt sich Josefine immer weiter von ihr. Vielleicht hatte Carlos recht. Viel- leicht hätte sie diese Schachtel niemals nehmen sollen. Was macht sie hier in Bamberg?

»Die Firma Engel wurde 1908 gegründet«, sagt Richard Engel.

»Aber nicht hier.«

Josefine versucht, sich zu konzentrieren.

»Wir sind aus einer alten Griffelwerkstatt entstanden.«

Griffel
Griffel wurden bis Mitte der 60er Jahre verwendet.
Schülerinnen und Schüler schrieben in Schulen damit nicht
in Hefte oder auf Papier, sondern auf Schiefertafeln.

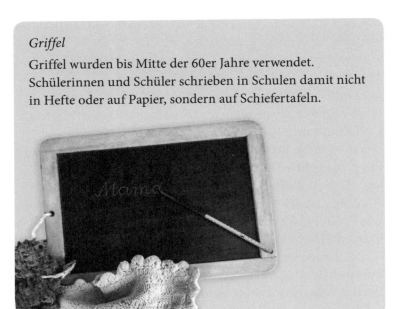

»Mein Großvater, Adolf Engel, hat die Firma damals gegründet.
Unsere Familie stammt ursprünglich aus Meiningen.«
»Meiningen!«, sagt Josefine.
Beinah hätte sie sich jetzt an ihrem Kaffee verschluckt. Dieses
Dreißigacker, das sie vor drei Tagen im Atlas gesucht hat, das
gehört zu Meiningen! Josefines Herz beginnt, schneller zu
schlagen.

»Ein Jahr nach der Gründung, 1909, wurde mein Vater geboren,
Erich Engel. Er war der erste Sohn von Adolf und Friederike
Engel. Und er blieb ihr einziges Kind. Ganz unüblich damals.
Zur Geburt meines Vaters kam ein erstes, sehr erfolgreiches
Modell von Füllfederhaltern auf den Markt. Die *Engelsfeder*. Mein
Großvater Adolf hat damals sogar Herzog Georg II. von Sachsen-
Meiningen einen Füller geschenkt.«

Herzog Georg II. von Sachsen-Meiningen (1826-1914)

Von 1866 bis zu seinem Tod regierte Herzog Georg II. das Herzogtum Sachsen-Meiningen. Er war ein großer Förderer der Kunst, insbesondere des Theaters. Für das Meininger Hoftheater organisierte er die Theatergruppe neu. Er war Theaterleiter, Regisseur und Bühnenbildner. Mit seinen Reformen des Regietheaters, den sogenannten »Meininger Prinzipien«, ging er als »Theaterherzog« in die Kulturgeschichte ein. Mit Auftritten in Berlin, Wien, Moskau, London und in vielen weiteren Städten Europas führte er die »Meininger« zu internationalem Ruhm.

Herzog Georg II. von Sachsen-Meiningen war auch ein Förderer der Musik. Ein enger Freund war Johannes Brahms. Darüber hinaus leitete er Reformen im Schulsystem, im Wahlsystem und in der Verwaltung ein. Er setzte sich für die Gleichberechtigung der Frau in pädagogischen und akademischen Berufen ein. In dritter Ehe heiratete er 1873 unstandesgemäß die Schauspielerin Ellen (Helene) Franz – ein Skandal. Nach dieser Hochzeit trug sie den Titel »Freifrau von Heldburg« und lebte teils auf der Veste Heldburg.

»Die Firma war also schon damals berühmt?«, fragt Josefine.

»Ja, berühmt ist gar kein Ausdruck!«, sagt Richard Engel.

»Damals kannte man ja nur ein Schreibgerät: den Füller! Schon zehn Jahre nach der Gründung hatte mein Großvater 300 Angestellte in Meiningen. Auslandsvertretungen gab es in Alexandrien, Barcelona, Konstantinopel, Porto und Smyrna.«

»Alexandrien«, flüstert Josefine. »Smyrna«.

»Erst nach dem Ende des Zweiten Weltkriegs sind wir nach Bamberg gezogen«, sagt Richard Engel. »Ich war damals gerade ein Jahr alt«.

Jetzt lächeln seine Augen wieder. *Was er für Augen hat,* denkt Josefine. Sie funkeln und leuchten. Josefine hätte über die Farbe seiner Augen in diesem Moment nichts zu sagen gewusst. Nur über ihr Licht. Als käme ein freundlicher Sonnenstrahl aus ihnen.

Richard Engel sieht mit seiner Lupe in der Hand aus wie ein genauer und gewissenhafter Mensch. Und dennoch geht auch etwas Lustiges von ihm aus. Als hätte er Spaß daran, gegen manche Regeln zu verstoßen.

»Ihre Familie ist vor der russischen Besatzung geflohen«, sagt Josefine.
»So ist es«, sagt Richard Engel. »Wir sind weggegangen aus dem Osten, wie so viele andere Unternehmerfamilien auch. Aber meine Eltern wollten nicht weit weg von Meiningen ziehen. Also Bamberg.«
Für einen Moment blickt Richard Engel ins Leere, als hätte er den Faden verloren.
»Und dieser Füller hier«, fährt er fort und nimmt Frau Zebunkes Füller in die Hand, »dieser Füller hier hat unserer Familie in Bamberg zu Wohlstand verholfen.«

»Aber Ihre Werkstatt«, sagt Josefine und schaut sich um, »Ihre Werkstatt ist klein. Das ist doch gar keine richtige Fabrik hier.«
Richard Engel trinkt Kaffee.
»Keine richtige Fabrik *mehr*«, sagt er. »In den 50er und 60er Jahren gehörten wir zu den Weltmarken. Die ganze Welt schrieb damals mit Füllern von Pelikan, Montblanc, Waterman, Parker. Und mit Füllern der Marke Engel.«

Das Handy auf der Werkbank piept. Richard Engel sieht nur kurz auf das Display, dann schaut er wieder Josefine an.

»Ja, aber heute?«

»Wann haben *Sie* denn zum letzten Mal mit einem Füller geschrieben?«, fragt Richard Engel.

Josefine sieht ihren Schreibtisch vor sich in Berlin, Meyerbeer 26. Dort liegen Unmengen von Kugelschreibern in verschiedenen Ausführungen und Farben herum, auch ein paar Bleistifte und Marker. Aber *Füller*? Es muss viele Jahre her sein, dass sie zuletzt einen Füller verwendet hat.

»Maschinenproduktion ist teuer«, erklärt Richard Engel. »Die Wartung und Instandhaltung der Produktionsanlagen kostet sehr viel Geld. Man braucht die nötigen Techniker dafür. Das lohnt sich nur, wenn man sehr hohe Stückzahlen produzieren kann.«

»Und Sie?«, fragt Josefine.

»Wir haben nie so viele Stücke produziert. Unsere Glanzzeit in den 50er und 60er Jahren hat sich nur noch einmal wiederholt: 1990. Wissen Sie, warum?«

Josefine überlegt einen kleinen Moment.

»Wegen der deutschen Wiedervereinigung?«, fragt sie.

»So ist es. Nach der Wiedervereinigung 1990 erschloss sich für uns der ostdeutsche Markt. Wir brachten noch einmal ein neues Füllermodell auf den Markt. Der erste gesamtdeutsche Füller aus dem Hause Engel Bamberg: *Aurora.* Hier habe ich ein Exemplar.«

Richard Engel zieht eine Schublade auf und nimmt einen Füller heraus. Er ist dunkelblau und silber. Josefine wiegt ihn in der Hand.

»Trotzdem steckten wir seit 1995 wieder in der Krise. Wir standen damals kurz vor der Schließung. Da habe ich mich für Handarbeit entschieden. Alle Maschinen raus. Alle Angestellten weg. Das war sehr schmerzhaft. Heute stelle ich am Tag ein oder zwei Füllfederhalter her. Wenn es gut läuft.«

Das Handy piept wieder. Richard Engel runzelt seine Stirn. Die Falten, die Josefine schon am Anfang ihres Besuchs aufgefallen sind, versammeln sich wieder darauf.

»Wissen Sie, wie man das abschaltet?«, fragt er und sieht Josefine an.

»Das Handy?«, fragt Josefine.

»Nein, dieses Piepsen«, sagt Richard Engel. »Ich möchte dieses Piepsen ausschalten, wenn ich Meldungen erhalte. Das stört mich. Aber ich weiß nicht, wie und wo!«

Seine Augen lächeln.

»Keine Ahnung«, sagt Josefine. Sie kennt das Modell nicht, das Richard Engel in der Hand hält. Wahrscheinlich macht er ohnehin nur Spaß, denkt sie.

Wir Wunderkinder

»Handarbeit«, sagt Josefine, »das klingt sehr altmodisch.«
»Ich habe schon immer gerne gebastelt, wie man so sagt«,
antwortet Richard Engel. »Schauen Sie mal hier!«
Er erhebt sich und geht in die Ecke der Werkstatt, in der die alte
Seifenkiste steht.

»Das haben Sie selbst gemacht?«, fragt Josefine.
»Ah, ein Meisterstück«, sagt Richard Engel, »in vielerlei Hinsicht.«

Seifenkiste

Eine »Seifenkiste«, engl.: *soap box*, ist eine Art Automobil
für Kinder. Die Seifenkiste hat keinen Motor. Sie besteht
hauptsächlich aus Karosserie (Holz oder Plastik), Achsen
und Rädern, Bremsen und einer Lenkung. In den USA ließ
eine Seifenfirma um 1930 auf ihre hölzernen Verpackungs-
kisten (»*soap boxes*«) den Grundriss für eine Kindermobil-
Karosserie drucken. Man konnte sie aussägen. 1933 fuhren
in Dayton, Ohio, über 350 Fahrer das weltweit erste große
Soap Box Derby.

Nach dem Zweiten Weltkrieg brachten amerikanische Soldaten die *Soap Box* mit nach Deutschland. Sie fand großen Anklang in den amerikanisch besetzten Gebieten. In den Ostzonen waren Seifenkistenrennen dagegen unbekannt. 1951 stieg die Opel AG in das Renngeschäft ein und gründete eine Organisationszentrale für Seifenkistenrennen in Rüsselsheim. Seit 1952 gab es jedes Jahr Deutsche Meisterschaften im Seifenkistenfahren in Duisburg. Erst mit dem Rückzug der Opel AG 1971 brach der allgemeine Enthusiasmus für die Seifenkiste ab.
Heute werden Seifenkisten-Wettbewerbe von Vereinen getragen; größter Verein ist der Dachverband für motorlosen Rennsport DSKD (»Deutsches Seifenkisten-Derby e.V.«).

»Ich erinnere mich sehr gut an den Tag. 1959 war das, im Mai. Mein Vater kam mit einem nagelneuen Porsche vorgefahren. Es ging uns ja richtig gut, meine Familie war reich. Das Geschäft mit den Füllfederhaltern lief ausgezeichnet. Hier!«, sagt Richard Engel und hält Frau Zebunkes Füller hoch. »Gerade war das Modell *Herrenstück* auf den Markt gekommen. *Schreib dich in dein Glück – mit Engels neuem Herrenstück!* Sie kennen die Werbung nicht, Sie waren ja noch gar nicht geboren! Im Hotel Messerschmitt hängt noch ein Exemplar von damals. Aber Sie sind sicherlich nicht im Hotel Messerschmitt untergebracht?«
»Ich bin im Brauerei-Dreieck.«
»Jedenfalls ging es uns gut wie nie zuvor. Zu seinem 50. Geburtstag kaufte sich mein Vater einen Porsche.«

Josefine muss an das Foto denken, das Anni Zebunke und Rosa in einem Wagen ohne Verdeck zeigt. Aber das Foto ist deutlich älter, das darauf abgebildete Auto stammt aus einer anderen Zeit.
»Das war eine Sensation damals«, erzählt Richard Engel weiter.

»Ganz Bamberg schaute auf, wenn mein Vater mit dem Wagen durch die Straßen brauste. Vergessen waren die Jeeps der Amerikaner. Denn der Porsche war kein Familienauto, der Porsche war ein zweisitziger *Sportwagen*. Ich war 14 Jahre alt und plötzlich der Neid aller anderen Kinder und Jugendlichen vom Abtsberg und überhaupt aller Schüler unten am Heumarkt und in der Kapuzinerstraße. Leider nahm mich mein Vater nicht oft mit. Er fuhr am liebsten allein durch die Gegend. Nur manchmal nahm er seine Sekretärin mit.«

Amerikaner in Bamberg

Am 13. April 1945 rückten U.S.-Soldaten der 3. und 45. Infanteriedivision von Süden und Osten her in Bamberg ein. Nach kurzen Kampfhandlungen erklärten sie die Stadt am 14. April für befreit. Sie zogen in die 1891 von der bayerischen Armee erbaute Lagarde-Kaserne ein, seit 1950 bekannt und berühmt als „Warner Barracks". Zuletzt lebten dort 7.000 Menschen: 3.500 amerikanische Soldaten und deren Angehörige. Viele Jahre lang prägten sie das Bild der Stadt Bamberg.
Im Jahr 2014 zogen die amerikanischen Soldaten endgültig ab. Damit ging für Bamberg eine Ära zu Ende: Zum ersten Mal seit dem 16. Jahrhundert ist Bamberg nun keine Garnisonsstadt mehr.

»Und da haben Sie die Seifenkiste gebaut?«, fragt Josefine.
»Sie sind ein helles Mädchen, Josefine!«, sagt Richard Engel und strahlt. »Der Porsche war das Vorbild für meine Seifenkiste. Ich studierte das Auto, jede Linie der Karosserie, der Fenster, der Stoßstangen. Mir wurde klar, dass an meiner Seifenkiste nichts Eckiges mehr sein durfte. Alles musste abgerundet sein, es durfte

keine Kanten mehr geben.«

»Und das haben Sie allein geschafft?«, fragt Josefine und weist auf die Seifenkiste vor ihr.

»Nein, am Ende hat mir Max geholfen, der Nachtpförtner in der Fabrik meines Vaters. Hier, die Bodenplatte«, sagt Richard Engel und weist auf den Boden der Seifenkiste, »das ist eine alte Tür, sehen Sie? Und hier der Sitz! Eine alte Schaufel!«

»Und die Räder?«, fragt Josefine.

»Die Räder waren Standard. Alle mussten mit denselben Rädern fahren, ein einheitlicher Radsatz, den man sich bei Opel geholt hat.«

»Wahnsinn«, sagt Josefine.

»Aber das allerbeste war meine Position im Auto«, sagt Richard Engel. »Die anderen Jungs saßen immer krumm nach vorne gebeugt. Die Piloten. Max meinte, wir müssten das ganz anders machen. Von Max habe ich sehr viel gelernt. Ich habe von ihm gelernt, immer noch einmal über die Sachen nachzudenken. Sie immer noch einmal von einer anderen Seite zu beleuchten, aus einem *anderen Blickwinkel* zu betrachten.«

Richard Engel hört auf zu reden und lächelt die Seifenkiste an.

»Und die Sitzposition?«, fragt Josefine.

»Ah, wir probierten hin und her. Einmal bin ich bei einer Sitzprobe nach hinten gekippt. Und da sagte Max plötzlich, das sei es! Und ich müsse *liegen*! Ich weiß es noch wie heute. Also haben wir einen sehr niedrigen Wagen gebaut. Flach und windschnittig, aerodynamisch sehr günstig.«

Richard Engel sieht Josefine an. In ihm steckt noch ein richtiger Junge, denkt sie. Und sie denkt weiter, dass Richard Engel früher ein außerordentlich attraktiver Mann gewesen sein muss. Sie fragt sich, ob er Frau und Kinder hat.

»MW«, sagt Richard Engel.

Josefine schreckt auf.

»Wie bitte?«

»Hier, MW.« Richard Engel weist auf die weißen Buchstaben auf der Seifenkiste. »Max Wiebel.«

»Wie ging das Rennen aus?«, fragt Josefine.

»Bronzemedaille«, sagt Richard. »Dritter Platz. Der Preis war ein nagelneues Fahrrad. Und ich bin nur knapp der Qualifizierung für die Deutschen Meisterschaften entgangen.«

»Ihr Vater muss stolz auf Sie gewesen sein.«

Richard Engel sieht Josefine wieder an.

»Ich weiß gar nicht, warum ich Ihnen das alles erzähle«, sagt er.

»Ich will Ihnen nicht lästig fallen«, sagt Josefine schnell. Vielleicht war sie schon zu lange hier in der Manufaktur. Auf der anderen Seite kann sie sich gar nicht vorstellen, jetzt zu gehen.

»Was für ein Unsinn,« sagt Richard Engel. »Mein Vater *war* stolz. Sehr stolz. Sie wissen ja, die Familie kam aus Meiningen. Wir waren Protestanten, also evangelischer Konfession. In Bamberg damals ein echtes Problem. Als ich sechs Jahre alt war, wollte mich erst gar keine Schule aufnehmen! Die Schulen, für die Bamberg noch heute berühmt ist, waren überwiegend katholisch. Selbst das Neue Gymnasium, das sogar *Mädchen* akzeptierte, wollte mich nicht. Am Ende bin ich auf der Oberrealschule gelandet. Deswegen war mein Vater so stolz. Dass es ein Kind von der Oberrealschule geschafft hatte. Dass ein Kind von der Oberrealschule es den eingebildeten Schülern vom Alten Gymnasium einmal so richtig gezeigt hatte.«

Reformation, Protestantismus

Als »Reformation« wird die Bewegung bezeichnet, die die römisch-katholische Kirche reformieren wollte, die von vielen Gläubigen zu jener Zeit als korrupt und käuflich empfunden wurde (Ablassbriefe, Käuflichkeit von Ämtern). Die kirchliche Erneuerungsbewegung ging von Deutschland aus. Martin Luther soll im Jahr 1517 seine 95 reformatorischen Thesen an die Tür der Schlosskirche zu Wittenberg geschlagen haben. Im Ergebnis entstand in Deutschland die evangelische Kirche. Da das Heilige Römische Reich Deutscher Nation aus vielen Einzelterritorien bestand, war es den jeweils Herrschenden überlassen, welcher Konfession sie folgten. Das führte zur Fragmentierung der Religion in Deutschland: Der Norden ist evangelisch, der Süden katholisch geprägt. Auch die evangelischen Freikirchen gehören zum Protestantismus. Hierzu zählen im deutschsprachigen Raum unter anderem die bereits in der Reformationszeit entstandenen Mennoniten sowie die Baptisten, die Methodisten, die Siebenten-Tags-Adventisten und die Pfingstler.

»Sind Sie noch weitere Rennen gefahren?«, fragt Josefine.
»Nein, danach keine mehr. Nach dem Rennen....« Plötzlich bricht Richard Engel ab und geht zur Werkbank zurück.
»Und das Werk in Meiningen?«, fragt Josefine schnell. »Was ist aus dem Werk in Meiningen geworden?«
»Die Russen haben die Anlagen 1946 beschlagnahmt. Das Werk als solches ist erhalten geblieben. Später ist der VEB Schreibgeräte Barbarossa dort entstanden.«
»Nein!«, sagt Josefine. »Unsere Barbarossa-Ostfüller kamen aus Ihrer alten Fabrik!«
»Nun ja, die Anlagen sind natürlich verändert worden. Aber 1946 war noch eine Menge da. Meine Eltern mussten ja alles zurücklassen. Im Zweiten Weltkrieg war der Bedarf an Schreibgeräten groß. Allerdings konnten gar nicht so viele Füllfederhalter produziert werden, weil wir zur Waffenproduktion verpflichtet wurden. In unserem Werk in Meiningen wurden nach 1941 neben Füllern auch Patronen, Bleigeschosse und Kompasse produziert. Eigentlich waren unsere Drehbänke dafür gar nicht geeignet. Aber es waren Drehbänke. Was die Russen dann 1946 noch dagelassen haben, das hat die DDR natürlich genutzt. Vor allem die Schließung des VEB Schreibgeräte Barbarossa 1990 hat den Engelschen Füllern ja noch einmal zu neuem Glanz und Aufschwung verholfen.«
»Aurora«, sagt Josefine und hält den Füller hoch.
»Das war späte Gerechtigkeit«, sagt Richard Engel.
Josefine weiß nicht, ob das stimmt.

Geschichte

Im Hotel isst Josefine zu Mittag. Das Modell *Aurora* hat Richard Engel ihr zum Abschied noch geschenkt. Der Füller liegt neben ihrem Teller. Josefine sieht auch Richard Engels Augen noch vor sich, in denen diese lustigen Lichter funkelten. Die Sätze dieses Vormittags klingen in ihr nach.

Unsere Familie stammt aus Meiningen.
Dieser Füller ist hier in Bamberg hergestellt worden.
Erst nach dem Ende des Zweiten Weltkriegs sind wir nach Bamberg gezogen.
Ich war damals gerade ein Jahr alt.
Uns gibt es erst seit 1946.
Aber meine Eltern wollten nicht weit weg von Meiningen ziehen.

Plötzlich bleibt Josefine die Gabel auf halbem Wege zwischen Teller und Mund stehen. *Nicht weit weg.*
Warum nicht weit weg?
Warum wollten die Eltern nicht weit weg von Meiningen ziehen? Ihr Handy piepst. Josefine schaut auf. Carlos hat ihr eine Nachricht geschrieben. Josefine nimmt ihr Handy und sucht nach der Option, die Töne auszustellen. Es ist nicht schwer, sie zu finden. Nachdem sie ihr Telefon zum Schweigen gebracht hat, überlegt sie weiter.

Ist denn die *gesamte Familie* 1946 nach Bamberg gezogen? Das weiß Josefine nicht. Was, wenn es da doch eine Verbindung gegeben hätte? Jemand aus der Familie war in Meiningen geblieben? Anni Zebunke muss Meiningen gekannt haben, wenn sie mit dieser Rosa in Dreißigacker Fotos aufgenommen hat.

Josefine kann nicht mehr weiteressen. Sie schlägt sich an den Kopf. Warum hat sie Richard Engel nicht die *Fotos* von Anni Zebunke und Rosa gezeigt? Unglaublich. Plötzlich ist sie aufgeregt. Sie muss noch einmal mit Richard Engel sprechen. Josefine nimmt die Fotos und geht am Nachmittag den langen Weg zurück zur Manufaktur. Überall riecht es nach Brauerei, nach Hopfen und Gerste.

Bei der Manufaktur angekommen, beschließt Josefine, draußen zu warten, bis Richard Engel Feierabend macht. Bei der Arbeit kann sie ihn unmöglich noch einmal stören.

Josefine wartet und wartet. Erst um kurz vor acht Uhr kommt Richard Engel aus der Manufaktur. Aber er ist nicht allein, eine Frau kommt mit ihm aus der Werkstatt. Sie ist zwei Köpfe kleiner als er und sehr schick angezogen. Sie unterhält sich angeregt mit Richard Engel. *Seine Frau*, denkt Josefine. Verwirrt tritt sie zurück in einen offenen Hauseingang. Das bringt sie natürlich nicht weiter. Josefine ärgert sich.

Sie steckt den Kopf aus dem Hausflur und schaut um die Ecke. Richard Engel und die Frau sind miteinander bis ans Ende der Straße gelaufen. Dort stehen sie jetzt und unterhalten sich weiter. Plötzlich geben sich die beiden die Hand. Die Frau geht nach rechts davon, Richard Engel steigt links in ein Auto ein. *Jetzt nicht wegfahren!*

Josefine tritt aus dem Hausflur in dem Moment, in dem Richard Engel an ihr vorbeifährt. Aber er sieht sie nicht, er fährt und sieht dabei auf sein Handy.

Josefine blickt dem Auto nach und lässt sich dann auf die Stufe am Eingang zur Manufaktur sinken. Vor ihr haben sich zwei Krähen niedergelassen, grauschwarze große Vögel, die sich gegenseitig beäugen. Die eine Krähe krächzt ein lautes „krah". Nur eines. *Bald ist der Sommer vorbei*, denkt Josefine. Das Krächzen

der Krähe erinnert sie daran. Auch das Licht hat sich verändert.
Josefine fällt auf, dass die Linden schon ihre Blüten abwerfen.
Überall liegen die gelben Blütenblätter. Vor drei Tagen, als Frau
Zebunke noch gelebt hat, war Sommer, denkt Josefine. Jetzt nicht
mehr.

Die Krähen haben sich umgedreht und sehen nun beide Josefine
an. Sie drehen ihre Köpfe hin und her und beäugen sie. Josefine
starrt zurück. Was weiß so eine Krähe vom Leben und vom Tod.
Und was wissen wir davon? Josefine sieht auf ihre Uhr. Wenn sie
noch länger grübelt, verpasst sie den letzten Zug nach Berlin.

Plötzlich schrecken die Krähen auf und fliegen davon. Noch
einmal geben sie dabei ein unheimliches „krah" von sich. Jetzt
hört auch Josefine die Schritte. Die sehr schick angezogene Frau
kommt zurück und hält direkt auf Josefine zu. Josefine steht auf.
»Hier ist bereits geschlossen«, sagt die Frau.
»Ja, ich weiß«, sagt Josefine, »ich bin zu spät gekommen.«
»Kommen Sie doch morgen wieder«, sagt die Frau.
»Morgen bin ich nicht mehr da.«

Jetzt nähert sich von der anderen Seite her das Auto, in das
Richard Engel eben eingestiegen war. Er parkt und steigt wieder
aus. Als er Josefine bei der Frau stehen sieht, versammeln sich
erneut lustige Falten auf seiner hohen Stirn. Er sieht sehr überrascht aus.
»Guten Abend, die Damen«, sagt er und nimmt zuerst die Hand
der Frau, dann Josefines Hand in seine. »Je später der Abend,
desto schöner die Gäste.«
Dann schließt er die Manufaktur wieder auf.
»Ach, sie kennen sich?«, fragt die schick angezogene Dame.
»Frau Ludwigs aus Berlin«, sagt Richard Engel und zeigt auf Josefine, »Frau von Diesburg.«

»Sehr erfreut«, sagt Josefine und schüttelt die Hand der Dame, die sich an Josefine vorbeidrängt.

»Ach, Richard, Sie sind einfach … ein Engel«, sagt sie und lacht. Richard Engel dreht sich um, er hat sein gewinnendes Lächeln aufgesetzt. Diesen Witz muss er schon hundert Mal gehört haben, denkt Josefine. Über den Kopf der Dame hinweg schaut Richard Engel direkt in Josefines Augen. Und plötzlich weiß Josefine, was er denkt. Frau von Diesburg ist eine Kundin, und vielleicht keine einfache Kundin.

»Immer zu Ihren Diensten«, sagt Richard Engel mit seiner Radiostimme.
Josefine bleibt am Eingang stehen. Nach kurzer Zeit kommen die beiden zurück.
»Also noch einmal danke«, sagt die Dame. »Sie haben mich gerettet.«
»Keine Ursache, beehren Sie uns bald wieder.«

»Das wäre geschafft«, sagt Richard Engel, als Frau von Diesburg am Ende der Straße angekommen ist. »Sie hat ihre Kreditkarte liegen lassen.«
»Oh!«
»Ein wichtiges Utensil für Frau von Diesburg«, sagt Richard Engel. »Was machen Sie nun eigentlich hier?«
»Ich habe Fotos mitgebracht«, sagt Josefine.

In einem Café am Ende der Straße schaut sich Richard Engel die Fotos an. Aber er kennt weder Anni Zebunke noch Rosa.

»Ich wollte Sie fragen«, sagt Josefine, »ob Ihre gesamte Familie damals, 1946, von Meiningen nach Bamberg gezogen ist.«
Richard Engel schließt für einen Moment die Augen und legt die Fingerspitzen seiner Hände aneinander. Jetzt sieht Josefine, wie

müde er aussieht. Die Helligkeit seiner Augen überstrahlt sonst die Müdigkeit, denkt sie. Jetzt würde Josefine gern eine Hand auf seine Augen legen, aber das geht natürlich nicht.

Stattdessen sagt sie: »Anni Zebunke, diese Frau hier, war eine ganz besondere Frau, wissen Sie? Sie hat bei uns im Haus gewohnt, in Berlin-Weißensee. Wir haben sie alle gern gehabt. Sie hat nicht mehr gut gehört, aber sie ist fast jeden Tag spazieren gegangen. Auf dem jüdischen Friedhof bei uns um die Ecke. Vor drei Tagen ist sie gestorben. Wir hatten ein Fest für sie organisiert, ein Sommerfest, und bei der Festrede ist sie … eingeschlafen.«

Richard Engel tippt seine Fingerspitzen aneinander. Josefine fällt auf, dass er keinen Ehering trägt. Vielleicht ist er nicht verheiratet. Richard Engel schweigt.

»Man weiß nicht, ob Anni Zebunke Verwandte hatte. Verwandte dritten oder vierten Grades. Deswegen bin ich auf der Suche. Der Füllfederhalter und die Fotos sind im Grunde die einzigen Anhaltspunkte, die ich habe.«

»Sie können Ihre alte Nachbarin noch nicht loslassen«, sagt Richard Engel, »das ist ganz normal.«

Diese Antwort erstaunt Josefine. Aber natürlich hat Herr Engel recht. Natürlich kann sie Frau Zebunke noch nicht loslassen. Sie will sie ja gar nicht loslassen.

»Ihre Recherchen machen Frau Zebunke nicht wieder lebendig.«

Josefine sieht auf ihre Hände, dann auf das Handy von Richard Engel. Plötzlich leuchtet das Display auf. Sein Handy piepst aber nicht. Also hat Richard Engel es geschafft, das Piepsen auszu-schalten. Sie sieht ihn an und lächelt. Dann denkt sie an ihr eigenes Handy in ihrer Tasche. Es ist Viertel vor neun. Carlos hat bestimmt schon sechs Nachrichten geschrieben und dreimal versucht, sie anzurufen. Aber sie kann ihr Handy jetzt nicht hervorziehen.

»Anni Zebunke hatte einen Freund«, sagt sie. »Im Sommer 1941 hatte sie Hans kennengelernt. Hans war Hausmeister in der Jüdischen Taubstummenanstalt in Berlin. Er war Jude. Frau Zebunke war damals 19 Jahre alt. Hans war ein Jahr älter. Sie hatten keine Zukunft. All das hat sie mir erst vor wenigen Wochen erzählt.« Josefine schaut auf. Richard Engel sieht sie an, er hat die Fingerspitzen seiner Hände weiterhin aneinandergelegt und scheint auf die Geschichte zu warten.

»Anni Zebunke und Hans haben sich im Sommer kennengelernt. Ab September 1941 wurde es schwer, sich zu treffen. So hat es mir Frau Zebunke erzählt. Weil Juden zum Beispiel Parks nicht mehr betreten durften. Bis zum Sommer 1942 haben sich Anni Zebunke und Hans dennoch oft heimlich gesehen. Am Ende sehr oft auf dem Jüdischen Friedhof in Berlin-Weißensee. Dort um die Ecke ist unser Wohnhaus.«

»Was ist mit Hans passiert?«, fragt Richard Engel.
»Frau Zebunke wollte ihn verstecken. Sie wollte, dass er untertaucht. Aber Hans wollte die Alten und Kranken in der Jüdischen Taubstummenanstalt nicht allein lassen. Über Nacht sind sie alle nach Theresienstadt deportiert worden. Die Alten und die Kranken und Hans. Aber die Spuren von Hans verlieren sich auf diesem Transport. Sein Name taucht nie wieder auf. Er steht auf keiner Liste. Er hat auch keinen Grabstein. Es gibt kein Todesdatum, nichts. Frau Zebunke hat deswegen sehr lange auf Hans gewartet. Sie dachte, er war geflohen. Weggelaufen, im letzten Moment. Sie dachte, er kommt zurück und steht irgendwann vor ihrer Tür.«

Israelitische Taubstummenanstalt
Markus Reich begründete im Jahr 1873 die Israelitische
Taubstummenanstalt für gehörlose Kinder, zuerst in
Fürstenwalde. Seit 1888 befand sie sich in Berlin. Sie war
eine der modernsten Einrichtungen dieser Art im Deutschen Reich. In der Zeit des Nationalsozialismus versuchte
der Schulleiter, die Kinder in Sicherheit zu bringen. Zehn
Kindergartenkinder konnten nach London geschickt
werden. 1941 waren in dem Gebäude noch Menschen aus
einem jüdischen Altersheim und aus einer jüdischen Blin-
denanstalt untergebracht, 1942 wurde die Einrichtung wie
alle anderen jüdischen Schulen aufgelöst.

»Sie hat nicht Abschied nehmen können«, sagt Richard Engel.
»Nein, das hat sie nicht. Deswegen hatte Anni Zebunke auch
keine eigene Familie. Sie sagte mir, dass sie sich lange nicht
mehr verlieben konnte. Sie hatte keine Kinder. Und jetzt ist
sie gestorben. Wir wissen nicht, ob es jemanden gibt, den man
benachrichtigen sollte.«
»Ich verstehe«, sagt Richard Engel.
Dann schweigt er wieder.

Josefine fühlt Panik in sich aufsteigen.
»Aber *jemand* hat ihr doch diesen Füller aus Ihrer Fabrik
geschickt«, sagt sie. »Jemand muss es gewesen sein. Wer?«
»Ich kann Ihnen nicht helfen, Josefine, das tut mir sehr leid«, sagt
Richard Engel.
Tränen steigen in Josefine auf. Die möchte sie Herrn Engel nicht
zeigen. Sie steht auf und sagt: »Danke. Danke für Ihre Zeit.«
Dann geht sie schnell nach draußen. Als sie am Fenster vorbei-
geht, sieht sie, dass auch Richard Engel aufgestanden ist.

Traurig geht Josefine zurück zum Hotel, den ganzen weiten Weg am Fluss entlang. Der Brauereigeruch ist verflogen. Jetzt riecht es, wie es abends in jeder anderen Stadt auch riecht, ein wenig nach Asphalt, ein wenig nach Bäumen. Und gleich muss sie noch Carlos anrufen und ihm erklären, dass sie nichts herausgefunden hat. Was für ein Fiasko. Sie hat nichts herausgefunden *und* den letzten Zug nach Berlin verpasst. Hoffentlich gibt es noch ein Zimmer für diese Nacht im Hotel.

Nachtfahrt

Josefine sitzt in ihrem Hotelzimmer und dreht das Handy in der Hand. Carlos hat tagsüber vier Nachrichten darauf hinterlassen.

Hallo Josi, wie geht's?
Hallo Josi, ich bin jetzt zu Hause. Wie weit bist du?
Hallo, wann kommst du in Berlin an?
Josi, was ist los? Melde dich.

Josefine hat auch zwei Anrufe von ihm. Jetzt ist es gleich 22 Uhr. Sie muss Carlos zurückrufen, aber es fällt ihr schwer. Sie muss ihn ja enttäuschen. Also zögert sie den Moment noch ein wenig hinaus. Gerade will sie auf das kleine grüne Telefon drücken, als das Hotel-Telefon in ihrem Zimmer schrillt. Josefine schreckt hoch.
»Ja?«, meldet sie sich.
»Ja, schönen guten Abend, hier die Rezeption«, flötet eine Stimme. »Hier unten ist Besuch für Sie.«
Josefine lässt ihr Handy fallen und stürzt nach unten an die Rezeption. Carlos, denkt sie. Ist er ihr etwa hinterhergereist? Aber an der Rezeption steht nicht Carlos.
An der Rezeption steht Richard Engel. Diesmal lächelt er nicht.

Josefine steht einen Augenblick sprachlos vor ihm, und auch Richard Engel schweigt. Dann sagt Richard Engel:
»Ich ... ich habe über Ihre Geschichte nachgedacht, Josefine. Ich ... aber ... das will ich Ihnen nicht hier erzählen. Fahren wir hinüber nach Meiningen?«
»Wie bitte?«, fragt Josefine.
Die Frau an der Rezeption starrt die beiden an.
»Ich erkläre es Ihnen gleich«, sagt Richard Engel. »Sie kommen doch mit?«
»Ich hole meine Sachen«, sagt Josefine.

»Wie, jetzt brauchen Sie das Zimmer also nicht?«, protestiert die Frau an der Rezeption.

Josefine hat sich schon zum Gehen gewandt. Sie hört Herrn Engels schmeichelnde Radiostimme sagen: »Frau Ludwigs ist Gast der Federmanufaktur Engel.«

»Oh«, hört sie die Frau an der Rezeption antworten, und ihre Stimme ist plötzlich dreimal so hoch und so süß. »Wenn das so ist, kein Problem, Herr Engel.«

Fünf Minuten später steht Josefine wieder unten an der Rezeption.

»Alles geklärt«, sagt Richard Engel. Er lächelt die Frau an der Rezeption noch einmal an. Sie sieht zu ihm auf und klappert mit den Augenlidern.

Du meine Güte, denkt Josefine.

Draußen hält Richard Engel ihr die Tür seines Wagens auf. Fast lautlos gleiten sie durch die nächtlichen Straßen von Bamberg. Josefine hat nun doch ihr Handy herausgeholt. Sie tippt:

Es geht mir gut. Ich bin auf einer Spur. Ich rufe dich morgen früh an.

Sie hofft, dass Carlos sich damit zufrieden gibt. Sie kann jetzt keinesfalls ein längeres Telefongespräch führen, in dem sie erklären muss, warum sie tagsüber nicht an ihr Handy gegangen ist. Und warum sie jetzt nicht im Hotel ist. Warum sie im Auto auf dem Weg nach Meiningen ist. Um halb elf Uhr in der Nacht. Und dass sie nicht selbst fährt, sondern von einem Mann gefahren wird, den sie vor 24 Stunden noch gar nicht gekannt hat. Josefine schaltet ihr Handy kurzerhand aus.

Richard Engel schweigt und fährt. Draußen sieht Josefine immer mehr Schilder, die auf die Autobahn hinweisen. Als sie endlich

auf der Autobahn sind, sagt Richard Engel:
»Sie werden feststellen, dass ich mich umentschieden habe.«
Josefine weiß nicht, warum er das sagt und ob er Spaß macht.
Sie kann seine Augen nicht sehen. Daher sagt sie erst einmal gar
nichts.

»Ich selbst habe diese Reise auch noch nicht gemacht«, fährt er
fort. »Ich habe diese Reise lange aufgeschoben. Ich hoffe, nicht zu
lange. Heute ist der Tag gekommen. Besser gesagt, die Nacht. Im
Grunde haben Sie mir das Zeichen dazu gegeben.«
Josefine versteht kein Wort. Richard Engel nimmt ein zusammen-
gefaltetes Blatt aus seiner rechten Jackett-Tasche.
»Hier, lesen Sie das mal«, sagt er und wirft Josefine den Zettel
in den Schoß. Dann schaltet er ihr ein kleines Leselicht an
der Decke ein und gibt ihr noch einen Umschlag dazu. Einen
Briefumschlag.

Josefine faltet das Blatt auseinander. Es ist ein Brief. Das Papier
ist ein wenig vergilbt, aber die Tintenschrift ist gut zu erkennen.
Josefine fühlt sich unwohl, dass sie einen fremden Brief lesen soll.
Aber Richard Engel scheint es so zu wollen.

Meiningen, den 13.07.1990

Richard,

*Sie kennen mich nicht, aber ich kenne Sie. Vielleicht besser, als
Sie sich vorstellen können. Ich habe dennoch ein wenig gezögert,
das Herrenstück in die Hand zu nehmen, das ich zu meinem 18.
Geburtstag von Ihrem Vater geschenkt bekommen habe. Schreib
dich in dein Glück … Ein Werbeslogan Ihres Vaters.*

*Wie Sie bin auch ich sein Sohn. Sein erstes Kind, unehelich, geboren
ein Jahr vor Ihnen, Richard. Vielleicht wissen Sie das, vielleicht
nicht. Das vermag ich nicht zu beurteilen.*

Ich möchte jedenfalls nicht erst, wenn alles zu spät ist, Kontakt zu Ihnen aufnehmen. Das, was uns getrennt hat, die deutsch-deutsche Grenze, sie existiert nicht mehr.

Dies als Anlaß, Ihnen heute zu schreiben.

Ihr
Albert Thieme

Josefine liest den Brief mehrmals hintereinander durch. 1990 ist er geschrieben, das ist jetzt 18 Jahre her. Sie sieht Richard Engel aus den Augenwinkeln an. Der sieht konzentriert auf die Straße vor sich und fährt.

»Albert Thieme«, sagt Josefine langsam. »Haben Sie ihn gekannt? Ich meine, vor diesem Brief?«
»Sagen wir so: Ich wusste von seiner Existenz.« Richard Engel knipst das kleine Deckenlicht aus. »Meine Eltern hatten mir von Albert erzählt. Ich hatte seinen Namen aber schon wieder vergessen, bis der Brief kam. Er war in unserer Familie nicht präsent. Mein Vater ist 1989 gestorben, ein Jahr, bevor Alberts Brief kam. Als uneheliches Kind hatte Albert keine Erbansprüche.«

Für eine Weile schweigt Richard Engel. Dann sagt er: »Mein Vater war damals bereits mit meiner Mutter verlobt. Und dann hatte er offenbar eine Geliebte, 1943, mitten im Zweiten Weltkrieg. Meine Eltern haben das später nicht so genannt: *Geliebte*. Nie. Ich nenne es so. Denn das war es doch wohl. Als Besitzer einer kriegswichtigen Fabrik musste mein Vater nicht als Soldat an die Front. Mit dieser Geliebten zeugte er 1943 ein Kind: Albert. Dann – nur wenig später – war auch meine Mutter schwanger. Mein Vater hat sie geheiratet und sich – so sagte er damals – von dieser anderen Frau getrennt. Als meine Eltern

nach Bamberg gezogen sind, ist der Kontakt zu Albert und seiner
Mutter vollständig zum Erliegen gekommen. Meine Eltern haben
immer betont, dass dies auf Wunsch beider Seiten geschehen sei.
Dann haben wir ja auch in zwei verschiedenen Staaten gewohnt,
Albert und seine Mutter drüben in der DDR, wir hier.«

Eine Weile fahren sie und schweigen.
Vollständig zum Erliegen gekommen, denkt Josefine, *auf Wunsch
beider Seiten*. Wie merkwürdig.

»Ich bin Richard«, sagt Richard Engel plötzlich.
»Ich weiß.«
»Ich meine, lassen wir doch das förmliche Sie beiseite.«
»Oh«, sagt Josefine. »Sehr erfreut. Ich bin Josefine.«
»Ich weiß«, sagt Richard Engel.
Josefine ist sicher, dass in seinen Augen schon wieder diese
lustigen Funken tanzen. Aber Richard sieht nach vorn auf die
Straße.

»Aber Sie, ich meine … du … du hast diesen Brief doch beant-
wortet?« Josefine hält den Brief von Albert nach oben.
»Nein, ich habe nie auf diesen Brief geantwortet«, sagt Richard.
»Aber…«, sagt Josefine.
»Heute kann ich es mir auch nicht mehr erklären. Ich wollte
meine Ruhe haben. Mein Vater war tot. Ich hatte keinerlei Beziehung zu diesem Menschen. Zu diesem Albert Thieme. Was
hatten wir denn gemeinsam, er und ich? Nichts! Fünfzig Jahre
lang: nichts! Erst heute, Josefine, als du von der Geschichte
zwischen Anni Zebunke und diesem Hans erzählt hast … musste
ich wieder an den Brief Alberts denken. Mein Vater hatte seine
Liebesgeschichte 1943. So wie deine Frau Zebunke. Ich musste
plötzlich daran denken. Ich musste plötzlich daran denken, dass
ich vielleicht einen Fehler gemacht hatte. Von Hans gibt es keine

Spuren mehr. Aber von der Liebesgeschichte meines Vaters in Meiningen gibt es Spuren.«
»Albert«, sagt Josefine.
»Genau«, sagt Richard. »Früher war ich nicht neugierig auf diesen Albert. Ich wollte ihn nicht kennenlernen. Das war ein Fehler. Das habe ich heute von dir gelernt.«
Eine Weile fahren sie schweigend nebeneinander her.
»Hier muss irgendwo die Grenze gewesen sein«, sagt Richard. Er weist mit seiner Hand hinaus ins Dunkle. Josefine hat den Zettel auf ihren Schoß sinken lassen und sieht hinaus. Aber da ist nichts.

»Also wo wohnt denn nun dieser Albert?«
Josefine schaltet das kleine Licht an der Decke des Autos wieder ein und sucht auf dem Umschlag einen Absender.
»Hier steht keine Adresse«, sagt sie. Sie dreht den Umschlag hin und her, dann nimmt sie den Brief selbst noch einmal in die Hand. Sie dreht das Blatt um. Auf der Rückseite steht quer etwas, mit Bleistift geschrieben. Man kann es nur sehr schlecht erkennen. Josefine nimmt das Blatt näher an die Augen heran und runzelt die Stirn, so sehr muss sie sich anstrengen. Aber dann bleibt ihr doch der Mund offen stehen, und sie kann nicht weiterreden.
»Das ... das gibt es doch gar nicht«, sagt sie schließlich.
»Was ist los?«, fragt Richard.
»Das hier ... das ... also er wohnt ... angeblich ...«
Richard sieht sie von der Seite an und lächelt aufmunternd.
»*Herrenstück*«, sagt Josefine.
»Bitte?«, fragt Richard.
»Herrenstück«, wiederholt Josefine.
Richard Engel hat den Blick wieder auf die Straße gerichtet. Aber Josefine ist sich nicht sicher, ob er die Straße wirklich sieht.
»Das ist seine *Adresse*?«, flüstert Richard.
»A. Thieme, Herrenstück 4, 98617 Meiningen«, liest Josefine vor.

»Nein«, flüstert Richard. Sein Blick ist starr. Seine Hände halten das Lenkrad umklammert. Josefine sieht, wie die Fingerknöchel weiß unter der Haut hervortreten. Wieder und wieder flüstert er: »Nein, aber das ist doch nicht möglich, nein, nein.«

Josefine ist unheimlich zumute. Immerhin fahren sie auf einer *Autobahn*, mit 120 mindestens. Auch, wenn kaum Autos unterwegs sind. Richard Engel benimmt sich im Moment wie ein Mensch, der nicht auf einer Autobahn fahren sollte. Nicht mit 120. Plötzlich blinkt Richard und biegt rechts weg. Ein Rastplatz. Dunkle hohe Bäume trennen den Parkplatz von der Autobahn. Um diese Uhrzeit stehen hier nur ein paar LKW, sonst ist es gespenstisch dunkel und verlassen.

Richard sieht Josefine an.
»Ich kann jetzt nicht weiterfahren«, flüstert er.
Dann stellt er den Motor ab. Jetzt ist es ganz still, Richard Engel hat die Augen geschlossen, und Josefine hört nur sein Atmen.

Josefine hat Angst. Sie steht in stockfinsterer Nacht auf einem Rastplatz auf der A73 zwischen Bamberg und Meiningen. Den Mann, der neben ihr sitzt, den kennt sie kaum. Im Moment scheint er unzurechnungsfähig. Er atmet schwer und unregelmäßig. Warum nur hat sie ihr Handy ausgeschaltet? Vielleicht sollte sie einen Notruf absetzen?

Neben ihr stöhnt Richard Engel auf. Er öffnet die Augen und sieht Josefine an.
»Entschuldige«, sagt er.
Seine Hände halten noch immer das Lenkrad umklammert.
»Herrenstück … ist das nun ein Zufall oder nicht? Mein Vater hat meiner Mutter und mir immer erzählt, dass er sich den Namen *Herrenstück* für unser erfolgreiches Füllermodell einmal nachts

ganz alleine ausgedacht hat. Dass es dafür keine Vorlage in der
realen Welt gab. Und wenn es nicht so ist? Wenn der Name
Herrenstück ein Zeichen war für ihn?«
»Du meinst für Albert?«, fragt Josefine.
»Oder gar für … *sie*? Für die Mutter von Albert? Über die ich
nichts weiß?«, sagt Richard.

Josefine zögert. Dann legt sie ihre linke Hand auf Richards
Unterarm, aber Richard reagiert nicht.
»Vielleicht stimmt es nicht, dass es all die Jahre keinen Kontakt
gab«, sagt er. »Vielleicht stimmt *alles* nicht.«
Josefine kann sich vorstellen, wie sich Richard Engel gerade fühlt.
»Und ich kann ihn das alles nicht mehr fragen«, sagt Richard.
»Ob er die Wahrheit gesagt hat. Oder nicht.«
Wahrheit und Lüge lassen sich nicht immer klar voneinander
unterscheiden. Erst vorgestern hatte Josefine das zu Carlos gesagt.

MEININGEN

Wald

Zwanzig Minuten vor Mitternacht stehen Josefine und Richard endlich im Hotel am Kaiserpark in Meiningen. Das heißt, sie sitzen an der Hotelbar. Das Hotel war ihnen beim Vorbeifahren aufgefallen, und sie haben einfach angehalten. Um diese Zeit sind sie in der Bar die einzigen Gäste. Der Kellner putzt hinter der Bar Gläser und schaut hin und wieder auf seine Armbanduhr.

Richard Engel atmet auf.

»Der erste Schritt ist getan«, sagt er. »Ich bin hier.«

»Morgen werden wir Albert Thieme aufsuchen«, sagt Josefine.

»Ein dunkles Kapitel«, sagt Richard. »Vielleicht bringen wir Licht hinein.«

»So ein erfolgreicher Name: Engel«, sagt Josefine. »So eine erfolgreiche Unternehmensgeschichte. Man vermutet keine dunklen Kapitel darin.«

»Ach, Josefine, Geschichten von Unternehmen, gerade von erfolgreichen Unternehmen, sind *voller* dunkler Kapitel.«

»Wirklich?«

»Unternehmerischer Erfolg ist ein Ergebnis der geschickten Ausnutzung der Ressourcen. Und geschickte Ausnutzung ist hierbei ein sehr, sehr dehnbarer Begriff.«

»Wie meinst du das?«

»Ich will damit nur so viel sagen: Was *wir* zu viel haben – wir Unternehmer – wir erfolgreichen Unternehmer – und wir haben nie *zu viel* – also unsere Ressourcen, unser Geld, unsere Macht … das haben andere zu wenig. Und je mehr *wir* haben, desto weniger haben *andere*. Das ist eine Binsenweisheit. Aber so einfach der Satz auch ist: Er trifft zu. Was bist du denn von Beruf?«

Josefine schluckt.

Sie ist arbeitslos. Nach dem Sommer wollte sie eigentlich in einem Blumenladen anfangen zu arbeiten. In dem Blumenladen einer Nachbarin. Jener Nachbarin, mit der sie die tote Frau Zebunke

entdeckt hat. Doch jetzt ist Josefine alles durcheinandergeraten.
»Eigentlich bin ich Buchbinderin von Beruf«, sagt sie.
»Buchbinderin!«, ruft Richard. »Also eine Handwerkerin!«
»Na ja«, sagt Josefine. Sie denkt an all die Zeit, in der sie nicht
gearbeitet hat.
»Und jetzt?«, fragt Richard.
Wahrheit und Lüge lassen sich nicht immer klar voneinander
unterscheiden.
»Jetzt arbeite ich in einem Blumenladen«, sagt sie.
»Und … glücklich?«, fragt Richard.
Josefine zuckt mit den Schultern.
»Was ist schon Glück«, sagt Richard. »Meine Familie zum
Beispiel, die Engel … wir waren reich! Richtig wohlhabend. Wir
hatten alles, was anderen fehlte. Aber glücklich waren meine
Eltern nicht. Ich frage mich … diese Geliebte …«
»Ich schließe jetzt«, sagt der Mann hinter der Bar.

Am nächsten Morgen steht das Auto von Richard bereits um halb
sieben vor Albert Thiemes Haus. Josefine und Richard überwa-
chen den Hauseingang. Sie haben auf der gegenüberliegenden
Straßenseite von »Herrenstück 4« geparkt. Es regnet, und Richard
und Josefine haben die Autofenster nur ein wenig öffnen können.
Die Luft ist feucht.

»Was für ein komischer Straßenname«, sagt Josefine.
»Herrenstück.«
»Ja«, erwidert Richard. »Und vielleicht der Namensgeber unseres
erfolgreichsten Füllermodells!«
Josefine und Richard sehen sich an. Was sie heute wohl darüber
erfahren werden? Dann sehen sie wieder zum Hauseingang. Aber
am Hauseingang von Albert Thieme passiert nichts. Rein gar
nichts.

Auch nicht um halb acht.

Es fängt an, stärker zu regnen. Richard und Josefine schließen die
Autofenster. Die Scheiben beschlagen, und Josefine und Richard
müssen mit ihren Fäusten immer wieder Kreise auf die Scheiben
malen, damit sie nach draußen sehen können. Das nutzt aber
auch nichts. Gegen halb neun lässt der Regen etwas nach.
»Vielleicht geht er heute gar nicht weg, sondern arbeitet von zu
Hause?«, gibt Josefine zu bedenken.
»Wir sollten klingeln gehen«, sagt Richard.
Da kommt ein gelbes Postauto.

Es fährt durch ein paar Pfützen und bleibt tatsächlich direkt vor Albert Thiemes Haus stehen. Der Postbote nimmt ein Paket aus dem Auto und klingelt an der Haustür. Josefine und Richard halten den Atem an. Der Postbote klingelt dreimal. Dann wendet er sich zum Gehen. Er geht jedoch nicht zurück zu seinem Auto, sondern klingelt am Nachbarhaus. Dort öffnet jemand. Der Postbote und der Nachbar unterhalten sich kurz. Der Postbote zeigt auf das Haus Nummer 4, der Nachbar zeigt mit dem Arm irgendwo hinter den Horizont. Dann nimmt der Nachbar das Paket entgegen und unterschreibt etwas. Der Postbote verschwindet in sein Auto und fährt davon.

»Wir müssen die Lage neu analysieren«, sagt Richard.
»Albert Thieme ist nicht zu Hause«, sagt Josefine.
Sie schweigen.
»Er ist verreist«, sagt Josefine.
»Irgendwo da hinten ist er«, sagt Richard und zeigt mit seinem Arm in derselben Geste, wie sie der Nachbar gebraucht hat, hinter den Horizont.
»Ich habe eine Idee«, sagt Josefine. »Aber ich brauche den Brief.«
Richard gibt ihr das zusammengefaltete Blatt, das er wieder in der Tasche seines Jacketts verwahrt hatte.

Josefine steigt aus und geht ebenfalls beim Nachbarn klingeln. Es nieselt nur noch. Hinter der Tür hört Josefine, wie der Mann sagt:
»Wie im Taubenschlag!«
Dann öffnet er.
»Bitte entschuldigen Sie die Störung«, sagt Josefine und lächelt.
»Wir sind auf der Suche nach Herrn Thieme.«
»Sie auch«, sagt der Nachbar müde. »Aha. Aber Herr Thieme ist, wie immer, verreist.«
Wieder zeigt der Mann hinter den Horizont.
»Und ich bin hier sein Paketdienst«, fährt er fort. »Denkt wohl,

ich bin sein Angestellter oder so was. Der Thieme bekommt so viele Pakete und bestellt, bestellt, bestellt … aber nie zu Hause sein! Das hab ich gern.«

»Ich wollte Ihnen gerade anbieten, Ihnen den Postdienst für heute abzunehmen«, sagt Josefine.

Der Nachbar schaut sie an.

»Ich muss Herrn Thieme unbedingt finden«, sagt Josefine. »Eilige Zustellung.«

Sie hält den Brief nach oben und hofft, dass man im trüben Licht des Nieselregens nicht sieht, dass dieser Brief bereits achtzehn Jahre alt ist.

»Den kann ich Ihnen nicht dalassen. Es ist sehr wichtig, dass ich Herrn Thieme selbst finde«, sagt Josefine.

»Woher kommen Sie denn?«, brummt der Nachbar.

»Ich bin vom Verein *Familienschicksale Ost und West e.V.*«, sagt Josefine. Sie wusste gar nicht, dass sie so gut und einfach Lügenmärchen erzählen kann. »Teil unserer Forschungen sind Familienschicksale in Meiningen.«

»Sie haben Recht«, sagt der Nachbar plötzlich ohne Zusammenhang, »ich bin nicht sein Postbote. Herr Thieme ist in Billmuthausen. Irgendwo dort in der Nähe. Halten Sie nach den Fledermäusen Ausschau.«

»Nach den Fledermäusen«, wiederholt Josefine. Sie sieht den Nachbarn an. Vielleicht stimmt etwas nicht mit ihm?

»Wo die Fledermäuse sind, da werden Sie auch Albert Thieme finden.«

Dann dreht sich der Nachbar um und schließt grußlos die Tür.

»'Nen schönen Tag noch«, sagt Josefine zur geschlossenen Tür.

Sie dreht sich um, als die Tür hinter ihr plötzlich wieder aufgeht.

»Dann nehmen Sie doch gleich noch die letzten Pakete mit.« Der Nachbar drückt Josefine das Paket von vorhin sowie drei weitere kleine Buchsendungen in die Arme.

»Hat er auch noch nicht abgeholt. Und schöne Grüße von Siebenbart!«

»Werde ich ausrichten.« Josefine beginnt, durch den Nieselregen zum Auto zurückzubalancieren.

Richard Engel steigt aus dem Wagen aus. Er sieht Josefine erwartungsvoll an. Wieder fällt Josefine auf, was für ein schöner Mann Richard Engel ist. Oder war. Früher, sagt sie sich. Früher. Sie will nichts anderes denken.

»Albert Thieme ist in Billmuthausen«, sagt Josefine möglichst kühl. Dann überreicht sie Richard Engel die Postsendungen.

»Oder jedenfalls dort in der Nähe.«

»Und wo soll das sein?«, fragt Richard.

Jetzt zeigt Josefine hinter den Horizont.

Wenig später befinden sich Richard und Josefine wieder auf der Autobahn. Sie fahren zurück Richtung Bamberg. Billmuthausen liegt an der ehemaligen deutsch-deutschen Grenze. Soviel hat das Navigationssystem bereits verraten. Der Ort muss sehr klein sein, er ist nur ein Punkt auf der Landkarte.

Richard scheint in Gedanken versunken. Josefine kann sich vorstellen, was ihn beschäftigt. Was, wenn sein Vater tatsächlich all die Jahre heimlich Kontakt zu seinem Sohn Albert und zu dessen Mutter gehabt hat?

Es fängt an, wieder stärker zu regnen.

Josefine fällt ein, dass sie sich bei Carlos melden sollte. Das Handy hat sie noch immer ausgeschaltet.

»Natürlich hatten sich meine Eltern voneinander entfernt«, sagt Richard plötzlich. »Sie liebten sich schon lange nicht mehr. Aber dass er …«

Richard bricht ab und sieht in den Regen hinein.

»Eigentlich begann ja alles mit der Seifenkiste, die ich dir gestern Vormittag gezeigt habe«, sagt er. »Mit meiner Seifenkiste von 1959 hatte ich meinen Vater auf eine Idee gebracht, die er sonst vielleicht nie gehabt hätte. Erinnerst du dich an die Räder?«

»Die Opel-Räder?«, fragt Josefine.

»Genau. Alle fuhren ja mit den gleichen Rädern! Mein Vater hat darin plötzlich eine vollkommen revolutionäre Idee gesehen: *Für alle gleich.* Als das Seifenkistenrennen stattfand, wurde in der Schule natürlich schon mit Tinte geschrieben. Aber diese Tinte hatte Nachteile: sie kleckerte. Sie tropfte. Die Federn mussten damals zum Teil noch auf hölzerne Federhalter gesteckt werden. Dann wurden sie in ein Tintenfass getaucht. Das Tintenfass hatte seinen festen Platz auf jeder Schulbank, dafür gab es richtige Vertiefungen. Manche hatten auch schon Kolbenfüller.
Die Opel-Räder waren es, die meinen Vater damals auf eine Idee brachten. Er wollte eine Schulfeder entwickeln. Einen Füller für die Schule, der für alle, Jungen oder Mädchen, katholisch oder evangelisch, … der für alle *gleich* sein sollte. Das Schreiben mit Tinte in der Schule sollte einfacher werden. Für alle sollte es ganz einfache Schulfüller geben. Standard-Füller. Schluss mit der ewigen Kleckserei! Schluss mit den Tintenflecken auf Heften und Fingern. Schluss mit den Tintenfässern auf den Schulbänken überhaupt! In nächtelanger Arbeit hat mein Vater damals einen Patronenfüller entwickelt. Schnell. Sauber. Kinderleicht. Deswegen nannte er das Modell den *Blauen Engel.* Und er wurde ein voller Erfolg. Ein Welterfolg.«

»Der *Blaue Engel*«, sagt Josefine. Sie denkt an Judit aus ihrer Klasse. Judit mit den Westjeans. Judit mit den Westfüllern. Die bewunderte Judit.

»Monatelang ging mein Vater schon vor Sonnenaufgang aus dem Haus und kehrte erst tief in der Nacht heim. Ich schlief oftmals schon. Meine Mutter fing damals an, davon zu reden, dass sie eigentlich *alleinstehend* sei. Mich hat das Wort immer erschreckt. *Alleinstehend.* Abendelang hörte sie immer wieder dieselbe Langspielplatte, eine Oper. *La Bohème.*

In den Sommerferien fuhren wir regelmäßig nach Norderney in den Urlaub. Für unsere Bamberger Villa wurden viele neue Dinge angeschafft, sogar ein Swimmingpool für den Garten. Dennoch war meine Mutter nicht glücklich, und sie war es mit den Jahren immer weniger. Aber das habe ich erst viel später begriffen. Und mein Vater …«

Richard beendet den Satz nicht.

»Hier müssen wir abfahren«, sagt er plötzlich. Sie folgen dem Navigationsgerät durch kleine thüringische Dörfer. Es ist Mittagszeit, und sie sehen nur selten Menschen auf den Straßen.

»Vielleicht essen wir mal irgendwo zu Mittag?«, fragt Richard.

»Gute Idee«, sagt Josefine. »Ich muss auch dringend telefonieren.«

Richard sieht sie von der Seite an.

»Jemand wartet auf dich.«

»Mein Freund Carlos«, sagt Josefine.

»Carlos«, sagt Richard. In seinen Augen entdeckt Josefine schon wieder diese lustigen Lichter.

»Aus Spanien«, sagt Josefine.

»Sehr schön«, sagt Richard. »Es ist schön, wenn jemand auf einen wartet.«

Josefine schweigt. Es ist ihr unangenehm. Eigentlich sollte sie Richard wohl fragen, ob denn niemand auf ihn wartet, in Bamberg. Aber sie tut es nicht, und Richard sagt dazu nichts mehr. Er fährt vor einem Gasthaus vor.

Als sie nach dem Essen weiterfahren, regnet es nicht mehr. Die Wolken am Himmel werden heller und heller. Sie fahren durch einen weiteren Ort, der sogar eine Burg hat, und dann in den Wald hinein. Plötzlich bremst Richard den Wagen.

»Laut Navi müssen wir hier auf diese … Straße abbiegen«, sagt er. »Wenn man das so nennen darf.«

Er zeigt links auf einen nassen Weg, der in den Wald hineinführt. Immerhin ist er asphaltiert. Man kann aber nicht weit sehen. Der Weg verschwindet nach wenigen Metern im Dickicht des Waldes.

»Die Wälder in Thüringen sind … dicht«, sagt Josefine.

»Das wollen wir doch mal sehen.« Richard biegt auf den Weg.

Als sie darauf fahren, scheint er doch breiter zu sein als erwartet. Josefine fragt sich, ob ihnen ein Auto entgegenkommen könnte, aber es kommt keines. Überhaupt sind sie vollkommen allein. Dieses Thüringen ist sehr leer, denkt sie. Im Vergleich zu Berlin beispielsweise. Sie fragt sich, ob es ihr gefallen könnte, hier zu leben. In Meiningen. Oder in Bamberg.

Richard Engel hängt seinen eigenen Gedanken nach. Sie folgen der Straße, bis der Wald sich lichtet. Sie fahren an einem alten Grenzturm vorbei.

»Das muss ja hier irgendwo direkt an der deutsch-deutschen
Grenze gelegen haben, dieses Billmuthausen«, sagt Richard.
An einem Schild halten sie an.

Gedenkstätte
Billmuthausen

Aber da ist kein Dorf.

Richard stellt den Motor ab. Schweigend steigen er und Josefine
aus dem Auto aus. Die Sonne ist hervorgekommen und bescheint
die Szene in einem intensiven Rot. Das Dorf, das hier einmal
stand, gibt es nicht mehr.

Josefine und Richard sehen sich eine Tafel an, auf der Fotos von
dem Dorf zu sehen sind. Es war ein sehr kleines Dorf, nur wenige
Häuser und eine kleine Kirche. Jetzt ist hier nichts mehr.

Fledermäuse

Plötzlich greift Josefine Richard an den Arm.

»Der Friedhof ist noch da!«, flüstert sie.

Sie zeigt auf die Grabsteine, die sich auf einem Hügel oberhalb des ehemaligen Dorfes erheben.

Richard und Josefine steigen den Hügel hinauf. Dann gehen sie – jeder für sich – durch die Reihen mit den teilweise verwitterten Grabsteinen.

Josefine denkt an Frau Zebunke. Sie denkt an die Nachmittage, die sie mit ihr verbracht hat. An die Spaziergänge auf dem Jüdischen Friedhof Berlin-Weißensee. Sie denkt an Frau Zebunkes viele Fragen. Frau Zebunke hat Josefine immer all das gefragt, was sie selbst nicht mehr so gut verstanden hat.

Sie denkt an den ganz besonderen Tag, als Frau Zebunke Josefine die Geschichte ihrer Eltern erzählte. Wie sich Frau Zebunkes Mutter, eine Putzfrau, und Frau Zebunkes Vater, ein Pferdemetzger, damals in Berlin kennenlernten. Sie denkt an das Leben der Frau Zebunke ohne eigene Kinder, ohne Mann. Weil sie auf Hans gewartet hat. Sie denkt an die Fotos, die sie vor drei Tagen gefunden hat.

Auf den Fotos sieht Josefine eine lebenslustige Frau. Sie hätte doch eine gute Mutter sein können, denkt sie. Sie hätte Kinder haben können, die jetzt um sie trauerten. Dann müsste Josefine nicht nach Verwandten dritten oder vierten Grades suchen.

»Was für ein Ort«, sagt Richard, der plötzlich neben Josefine steht. Josefine schaut auf. Ihr laufen Tränen über das Gesicht. Richard sieht sie fragend an, aber Josefine zuckt nur mit den Schultern. Später laufen sie zum Auto zurück. An der Tafel mit den Fotos steht auch eine Bank. Darauf setzen sie sich.

»Und Albert Thieme?«, fragt Josefine.

»Ich hab keinen gesehen, und du?«, fragt Richard.

Er will sie aufheitern. Josefine lächelt, weil Richard sich um sie bemüht. Sie fragt sich, was sie nun machen werden, sie und Richard. Seit zwei Tagen ist sie unterwegs. Was sucht sie denn wirklich? Sollte sie nicht Frau Zebunke einfach loslassen? Sie begraben? Und sich an sie erinnern? Die Dinge hinnehmen? Und sich nicht gegen die Dinge auflehnen? Das ist es, was auch Carlos wollte.

Und was hat Josefine getan? Sie hat sich ungefragt in eine fremde Familiengeschichte eingemischt. Sie sollte nach Hause fahren. Aber jetzt haben sie den Kofferraum voller Pakete für diesen Albert Thieme.

»Schau mal«, sagt Richard plötzlich und zeigt in den hellblauen Abendhimmel. »Das sind Fledermäuse!«

Josefine springt mit einem Mal von der Bank auf. Sie schlägt sich mit einer Hand vor die Stirn und dreht sich zu Richard um.

»Fledermäuse!«, ruft sie. »Das ist es! *Folgen Sie den Fledermäusen!*«

»Noch mal langsam«, sagt Richard.

»Der Nachbar in Meiningen!«, sagt Josefine mit einem dringenden Ton in der Stimme. »Richard! Wo die Fledermäuse sind, dort ist auch Albert Thieme!«

Für einen Augenblick sehen sich Richard und Josefine an. Dann steht auch Richard auf. Er verriegelt das Auto.

Sie bleiben eine Weile stehen und sind still. Die Fledermäuse kehren zurück. Es gibt viele hier. Sie fliegen in irren Zickzackmustern umher. Sie sind sehr schnell. Sie sind auch völlig lautlos. Richard nähert seinen Kopf dem von Josefine. Er hält seinen Mund dicht an ihr Ohr und flüstert:

»Und wohin fliegen sie?«

Josefine zuckt mit den Schultern. Sie überlegt:
Wo die Fledermäuse sind, da ist auch Albert Thieme.
Albert Thieme ist in Billmuthausen.
Richard und Josefine sind auch in Billmuthausen.
Hier *sind* Fledermäuse.
Also muss auch Albert Thieme hier sein.
Und wohin fliegen sie?
Wo wohnen Fledermäuse?
In alten Häusern? In alten Dachstühlen?
In Billmuthausen gibt es keine Häuser.
Nur einen Friedhof.
In einer alten Kirche, dort hätten sich die Fledermäuse gut
verkriechen können. Die Kirche steht aber nicht mehr, es gibt nur
die alten Grabsteine.
Und auf dem Weg den … alten Grenzturm!

Ohne ein Wort zu sagen, greift Josefine nach Richards Hand. Sie zieht ihn einfach mit sich. Sie kann gar nicht glauben, wie dumm sie wieder waren. Sie verlässt die Lichtung, auf der Billmuthausen einmal stand, und geht zum Grenzturm. Von der Seite, von der sie sich nähern, sieht auch der Turm verlassen aus. Unten ist ein Schild angebracht:

Fledermaus Winterquartier
Betreten
strengstens verboten!

Sie gehen um den Turm herum.
Auf der Hinterseite des Turms ist eine Tür. Sie ist etwa zwei Meter vom Boden entfernt. Und die Tür steht offen! Eine Leiter ist angelehnt, ohne die man nicht zur Tür kommt. Josefine und Richard sehen sich an.
»Hallo?«, ruft Richard. »Hallo? Ist da jemand?«

Eine Weile passiert nichts. Dann schaut plötzlich ein Mann aus der Tür. Er wirkt klein und untersetzt.

»Nu, gut, dass Sie gekommen sind!«, ruft er. »Warten Sie mal.«
Er verschwindet wieder.

»Gut, dass wir gekommen sind?«, fragt Richard.
Josefine zieht die Augenbrauen nach oben und schweigt. Diese Engels scheinen allesamt lustige Leute zu sein.

Oben erscheint der Mann wieder. Er kommt die Leiter ein Stück herunter, verschließt die Tür, steigt die Leiter ganz hinunter und drückt auf zwei Knöpfe an der Seite der Leiter. Die Leiter wird stückweise kleiner, sie ist zusammenschiebbar und am Ende nicht mehr als ein handliches Paket. Josefine denkt an die Pakete im Auto von Richard Engel.

Der Mann gibt ihnen beiden die Hand.
»Sehr erfreut«, sagt er dabei.
Er hat ein kugelrundes Gesicht. Er scheint das genaue Gegenteil zu dem großen, hageren Richard Engel zu sein. Unglaublich, dass sie denselben Vater haben sollen.
»Guten Abend«, sagt Richard Engel.
»Hallo«, sagt Josefine.
»Sie interessieren sich für Fledermäuse«, sagt der Mann, »aber die große Fledermausausstellung wird erst in der kommenden Woche eröffnet. Sie findet auch nicht hier statt, sondern drüben in der Burg. Da sind Sie sicherlich dran vorbeigefahren. Sie wissen schon, Herzog Georg II.«
»Herzog Georg II.«, sagt Richard Engel.
»Von Sachsen-Meiningen«, sagt der Mann. »Dem gehörte die Burg damals. Haben Sie übrigens ein Handy dabei?«
Richard starrt den Mann an.

Josefine sagt behutsam:
»Herr Thieme, wir sind nicht wegen der Fledermäuse hier.«
»Ah, Sie haben sich die Gedenkstätte angeschaut? Sehr beeindruckend, nicht wahr? Ein ganzes Dorf ... einfach plattgemacht. Billmuthausen war einmal ein Rittergut. So war es entstanden. Das Gutshaus wurde schon 1948 abgerissen. Sie wissen ja. Bodenreform und so. Die Gutsherren wurden vertrieben.

Bodenreform

Gleich nach Kriegsende 1945 wurde in der sowjetischen Besatzungszone eine großangelegte Bodenreform durchgeführt. Alle Besitzer von mehr als einhundert Hektar Land wurden enteignet (7.160 landwirtschaftliche Betriebe). Sie bekamen für das verlorene Land keine Entschädigung. Das Land wurde an landarme oder landlose Bauern und an Vertriebene verteilt. Insgesamt erhielten ca. 560.000 Bodenempfänger Land aus der Bodenreform.

Die Umsetzung der Landverteilung zog sich bis 1948 hin. In einem zweiten Schritt schlossen sich die Kleinbauern 1960 dann in Genossenschaften zusammen (LPG). Vor allem bei den wirtschaftlich erfolgreichen Mittel- und Großbauern erfolgte diese Kollektivierung nur zwangsweise und unter Protest (Zwangskollektivierung).

1965 folgte die Kirche. 1977 und 1978 wurden die letzten Familien umgesiedelt und ihre Häuser abgerissen. Wenn man sich das überlegt! Nur weil hier in der Nähe die Grenze verlief!

Ich bin aber kein Historiker. Ich kümmere mich hier um die …«
Albert Thieme stockt seinen Redefluss. Er sieht die beiden an und
runzelt die Stirn.

»Woher kennen Sie meinen Namen? Warum haben Sie mich
gerufen, wenn Sie gar nicht an den Fledermäusen interessiert
sind?«
»Wir haben *Sie* gesucht«, sagt Josefine.
»Sie haben *mich* gesucht?«, erwidert Albert Thieme und sieht
zwischen Josefine und Richard hin und her.
Er sieht verwirrt aus.
»Mich.«

Er sieht sie wieder ein paar Momente lang an, und dann bleibt
sein Blick auf Richard Engel kleben. Richard Engel sieht ihm in
die Augen und nickt. Albert Thieme schüttelt den Kopf.
Schließlich sagt er langsam:
»Richard? Richard Engel?«
»Albert«, sagt Richard.
Albert Thiemes Gesicht ist wie versteinert.

Richard sagt: »Albert, ich …«
Albert aber fällt ihm schon ins Wort:
»Mensch, das hat aber *gedauert*! Ist eure Post so langsam? War
mein Brief *achtzehn Jahre* unterwegs?«
»In gewissem Sinne, ja«, sagt Richard Engel. »Bis er hier ankam«.
Bei diesen Worten weist er auf sein Herz.
Und dann umarmen sie sich. Sie fassen sich an den Oberarmen
und Albert gibt Richard mit der flachen Hand ein paar sanfte
Schläge auf die Wange.
Eigentlich sind sie sich ja völlig fremd, denkt Josefine.

Albert sieht auf Josefine.

»Hübsche Tochter!«, sagt er.

»Frau Ludwigs hier ist nicht meine Tochter«, sagt Richard.

»Oh!«, sagt Albert. Er zieht die Augenbrauen nach oben und lächelt.

»Frau Ludwigs hier ist auch nicht meine Freundin«, sagt Richard Engel.

»Oh«, sagt Albert Thieme abermals.

Seine Augenbrauen fallen wieder nach unten.

»Frau Ludwigs interessiert sich für Füllfederhalter. Sie war bei mir in der Manufaktur in Bamberg. Sie ist sozusagen … eine Kollegin.«

Wahrscheinlich will Richard Engel das Thema jetzt nicht vertiefen, denkt Josefine. Fledermäuse wischen um die Köpfe der drei.

»Wir sollten los«, sagt Albert Thieme. »Es wird langsam dunkel. Mein Auto ist gestern kaputt gegangen und noch in der Werkstatt. Heute Morgen hat mich ein Bekannter hergebracht. Er sollte mich auch wieder abholen, wenn ich mit der Arbeit fertig bin. Ich sollte ihn mit dem Mobiltelefon anrufen. Aber hier!«

Albert Thieme zieht sein Handy hervor.

»Kein Saft mehr, und das Ladekabel nicht dabei! Zu dumm! Dachte schon, ich muss bis ins nächste Dorf *laufen*.«

Richard gibt Albert sein Telefon.

»Sag deinem Bekannten, dass er nicht zu kommen braucht. Wir nehmen dich natürlich mit.«

»Aber ich muss ganz nach Hause. Wollt ihr mich bis nach Meiningen fahren?«

»Aber klar doch«, sagt Richard. »Herrenstück 4.«

Während Albert Thieme mit seinem Bekannten telefoniert, schaltet auch Josefine ihr Handy ein. Merkwürdigerweise hat sie keinerlei Nachrichten darauf, nur Carlos hat zweimal angerufen. Bald sind Richard, Albert und Josefine auf der Landstraße. Sie fahren erneut an der Burg vorbei, in der die Fledermaus-Ausstellung organisiert werden soll.

»Georg II. hat die gehört?«, fragt Richard.

»Genau«, sagt Albert. »Herzog Georg II. von Sachsen-Meiningen hatte damals eine Geliebte. Eine Schauspielerin am Meininger Theater. Er hat sie sogar geheiratet. Völlig unstandesgemäß natürlich. Ein Riesenskandal! Und die Freifrau hat dann hier auf dieser Burg gewohnt.«

»Zu Herzog Georg II. von Sachsen-Meiningen haben wir Engels eine ganz besondere Beziehung«, sagt Richard. »Wusstest du das?«

»Habt ihr?«, fragt Albert.

»Haben wir. Unser Großvater, Adolf Engel, hatte die Firma ja 1908 in Meiningen gegründet. Im gleichen Jahr brannte das Meininger Hoftheater ab. Dieser Brand war für den Herzog eine persönliche Katastrophe. Als das Theater 1909 wiedererbaut war, schenkte unser Großvater dem Herzog die erste in seiner Fabrik angefertigte *Engelsfeder*. Am Abend der Premiere. Zur Wiedereröffnung. Der Herzog unterschrieb mit der Feder damals sogar eine Fotokarte von sich. Ich frage mich, was daraus geworden ist. Mein .... unser Vater hat immer nur von der unterschriebenen Karte erzählt. Ich habe sie selbst nie gesehen.«

Josefine denkt an die alte Karte mit dem Bild des bärtigen Mannes in Frau Zebunkes Schachtel. War das der Herzog, von dem Albert und Richard sprachen? Josefine kann sich nicht erinnern, ob die Karte unterschrieben war.

»Und jetzt kommt's: Zur Wiedereröffnung des Meininger Theaters 1909 stand Richard Strauss auf dem Programm. *Die Fledermaus*.«

»Quatsch«, sagt Albert Thieme.

Die beiden Männer beginnen zu lachen. Da klingelt Josefines

Handy. Sie nimmt nach dem zweiten Klingeln ab.

»Na endlich!«, sagt Carlos. »Wo bist du?«

»Hallo!«, sagt Josefine.

»Ja, hallo, hallo«, erwidert Carlos. »Wo bist du denn?«

»Ich bin auf der A73 zwischen Bamberg und Meiningen«, sagt Josefine. »Alles in Ordnung. Du musst dir keine Sorgen machen. Ich sitze im Auto.«

»Kommst du zurück nach Berlin?«, fragt Carlos.

»Noch nicht«, antwortet Josefine.

»Und wohin fährst du?«

»Nach Meiningen«, sagt Josefine.

»Du fährst und redest zugleich am Handy?«, fragt Carlos. »Und was für ein Auto überhaupt? «

Josefine lächelt. Fahren und telefonieren zur gleichen Zeit, das ist gefährlich. Carlos hat wahrscheinlich sämtliche aktuelle Unfallstatistiken zu dem Thema im Kopf.

»Nein«, sagt Josefine schnell, »nein, nein. Ich fahre nicht.«

Am anderen Ende ist ein Moment Schweigen.

»Und wer fährt?«, fragt Carlos schließlich.

»Richard Engel fährt«, sagt Josefine. »Das ist der Besitzer der Federmanufaktur in Bamberg, in der ich gestern war.«

»Wie bitte?«, fragt Carlos.

»Herr Engel hat einen Halbbruder in Meiningen. Er sitzt auch mit im Auto.«

Josefine senkt ihre Stimme und spricht noch leiser:

»Albert Thieme heißt er.«

»Was sagst du?«, fragt Carlos.

»Ist nicht so wichtig«, sagt Josefine, wieder lauter.

»Ich versteh nur Bahnhof«, sagt Carlos. »Herr Groschmann lässt fragen, wie weit du bist. Die Trauerfeier für Frau Zebunke ist fast organisiert.«

»Carlos, ich kann im Moment noch nichts dazu sagen. Morgen komme ich zurück nach Berlin.«

Herrenstück

»Fledermäuse sind faszinierende Kreaturen«, sagt Albert Thieme. Josefine, Richard und er sitzen im Wohnzimmer in seinem Haus, Herrenstück 4, in Meiningen. Sie haben Pizza bestellt.

In Alberts Haus wohnt außer ihm auch noch seine Mutter. Sie hat ihre Zimmer oben im Haus, aber Richard und Josefine haben sie noch nicht gesehen.

»In jeder Hinsicht ungewöhnlich sind diese Tiere«, fährt Albert Thieme fort. »Wir denken zum Beispiel, dass sie leise sind. Lautlose Jäger der Dämmerung. Sie jagen ja meistens Insekten, Fliegen und dergleichen. Im Dunkeln. Aber wir sind ignorant. Nur, weil wir die Fledermäuse nicht hören, bedeutet das nicht, dass sie *lautlos* sind! Ganz im Gegenteil! Fledermäuse sind unglaublich laut! Sie rufen die ganze Zeit, aber sie rufen auf einer Frequenz, die wir nicht hören können. Gott sei Dank! Wenn wir Fledermausrufe hören könnten, würden wir verrückt werden.«

Josefine denkt an die Fledermäuse in Billmuthausen. Und Richard Engel hatte ihr ins Ohr *geflüstert*, um die Fledermäuse nicht zu stören!

»In Thüringen leben eine ganze Reihe Arten von Fledermäusen. Großes Mausohr, Kleiner Abendsegler, Zwergfledermaus … Die Zwergfledermaus zum Beispiel jagt bis zu 1000 Obstfliegen in einer Nacht! *Obstfliegen! Drosophila! Zwei Millimeter große Essigfliegen! Im Dunkeln!* Die Echoortung der Fledermäuse ist ganz erstaunlich. Aber wir können auch seltenere Arten nachweisen. Gerade im Gebiet der ehemaligen deutsch-deutschen Grenze. Dort in den Wäldern und Gebäuden im Sperrgebiet. Kein Mensch durfte dorthin. Nur die Grenzsoldaten. Dort, in dieser ungestörten Ruhe, hat sich für viele Tiere und Pflanzen ein wahres Biotop entwickelt. Leider, oder Gott sei Dank, wie man will.«

Albert Thieme beißt in seine Pizza.
»Natürlich gibt es auch eine Menge Literatur zum Thema Fledermaus.«
Er weist auf die Pakete, die Richard und er inzwischen aus Richards Auto ausgeladen haben. Dann sieht er Richard und Josefine an.
»Aber warum seid ihr nun ausgerechnet heute nach Meiningen gekommen?«, fragt er und macht eine Pause.
Josefine hält den Atem an.
»Ich meine, es hätte *jeder* Tag sein können. Jeder Tag seit achtzehn Jahren. Warum heute?«

Josefine denkt daran, wie sie am Morgen um halb sieben vor Albert Thiemes Tür Wache hielten. Jetzt sitzen sie mit ihm im Wohnzimmer. Und er hat genau ihre Frage gestellt. Josefines Frage. Die auch die Frage Richard Engels ist.

Richard sieht Josefine an. Er holt tief Luft und sagt:
»Josefine hatte einen Trauerfall.«
Josefine räuspert sich.
»Es ist so«, beginnt sie. »Vor vier Tagen ist eine alte Nachbarin von mir gestorben. Sie hat siebzig Jahre lang in unserem Mietshaus in Berlin-Weißensee gewohnt. Sie hat allein gewohnt. Immer allein. Kein Mensch weiß, ob sie Verwandte hatte. Verwandte dritten oder vierten Grades, denn Kinder hatte sie nicht. Also habe ich recherchiert. In ihrem Nachlass habe ich einen Füllfederhalter gefunden. Einen Füller der Marke Engel. Das war mein einziger Anhaltspunkt. Daher habe ich mich mit Herrn Engel in Verbindung gesetzt. Aber leider kennt auch Richard Engel meine alte Nachbarin nicht. Hier …«

Josefine unterbricht sich und kramt ihn ihrem Rucksack. Sie hält
Albert Thieme die kleinen, vergilbten Fotografien hin.

Albert Thieme putzt sich seine Pizzafinger sorgsam an einer
Serviette ab. Er nimmt den Stapel vorsichtig zwischen Daumen
und Zeigefinger.

Als er das erste Foto betrachtet, sagt er:
»Mein Gott!«
Josefine sieht Richard an, aber Richard sieht zu Albert.
Dann nimmt er immer schneller die anderen Fotos in die Hand
und sagt mehrmals hintereinander:
»Mein Gott, mein Gott, mein Gott.«
Er sieht auf. Seine Augen sind rot.
»Das ist … «, sagt er.
Er steht auf, lässt die Fotos vor sich auf den Tisch sinken und
verlässt den Raum.

Für eine Weile schweigen Richard und Josefine.
»Wir sind auf einer Spur, was?«, fragt Richard.
Aber Josefine weiß nicht, was sie erwidern soll.

Wenig später hören sie Schritte. Albert Thieme kehrt mit seiner
Mutter zurück. Jetzt ist Josefine an der Reihe:
»Mein Gott!«, sagt sie.

Albert Thiemes Mutter ist die Frau auf den Fotos. Die Frau neben
Anni Zebunke. Josefine hat sie gefunden.
»Rosa?«, fragt sie.
Dann kann sie nicht weitersprechen.
Die alte Frau Thieme weiß noch gar nicht, was los ist. Sie sieht
von einem zum anderen. Noch bevor jemand etwas sagen kann,
drückt Albert ihr die Fotos in die Hand.
»Da, Mutter«, sagt er, »schau!«

Sie sieht nur eine Sekunde lang auf die Fotos. Dann sagt auch
sie: »Mein Gott!« und setzt sich. Lange betrachtet sie die Bilder.
Josefine laufen die Tränen aus den Augen. Rosa Thieme sagt nur
ein einziges Wort:
»Anni.«

Josefine erhebt sich und setzt sich neben Frau Thieme auf das
Sofa. Sie sieht ihr fest in die Augen und sagt:
»Frau Thieme. Anni Zebunke ist vor vier Tagen gestorben. Sie ist
tot.«
Dann umarmen sich Rosa Thieme und Josefine.

Josefine ist unendlich traurig und vollkommen glücklich zugleich.
Sie hat jemanden aus Anni Zebunkes Leben gefunden! Sie hat es
geschafft!

»Aber Mädchen«, sagt Rosa Thieme, »wie hast du mich denn nur gefunden?«

»Schuld ist das Herrenstück hier«, sagt Josefine und hält den Füller hoch, den sie neben die Fotos gelegt hatte.

»Wenn ich den nicht bei Anni Zebunke gefunden hätte, wäre ich niemals hierhergekommen.«

Rosa

Josefine sitzt noch immer bei Rosa Thieme auf dem Sofa. Sie
hat die Hände der alten Frau in ihre Hände genommen. Auch
Rosa Thieme scheint aufgewühlt. Am Anfang hat sie ein wenig
gezittert. Jetzt ist sie ruhiger. Josefine lässt ihre Hände los. Rosa
Thieme greift noch einmal zu den Fotos.

»Meine liebe Anni«, sagt sie.
Sie hat das Foto in die Hand genommen, auf dem die junge Anni
Zebunke an einem Tisch sitzt.

»Ich habe Anni Zebunke im September 1943 kennengelernt«,
beginnt Rosa Thieme. »Albert war gerade geboren. Anni Zebunke
hat Albert das Leben gerettet.«
»Mutter«, sagt Albert.
»Schon gut«, sagt Rosa Thieme.
»Du darfst dich nicht aufregen«, sagt Albert.

Als hätte sie diesen Satz nicht gehört, fährt Rosa Thieme fort:
»Albert hatte als Baby Keuchhusten. Das wurde am Anfang nicht
erkannt. Der Arzt in Dreißigacker sprach von einer leichten
Grippe. Aber Albert wurde sehr krank. Er war nur wenige
Wochen alt. Einmal blieb ihm direkt der Atem stehen. Ich glaubte,
er stirbt.«
»Mutter«, sagt Albert noch einmal.
»Damals hat Alberts Vater noch in Meiningen gewohnt. Wir
hatten damals nicht viel, Albert war ein schwaches Baby. Ich habe
in Dreißigacker in einem Gasthaus gearbeitet und hatte nicht viel
Geld. Aber Erich hat sich dann um Albert gekümmert. Gott sei
Dank! Er hat Albert damals einen Aufenthalt in einem Kinder-
krankenhaus in Berlin ermöglicht. Im September 1943. Dort gab
es eine Säuglingsstation. Und Spezialisten für Keuchhusten und
Diphtherie. Mitten im Krieg!«

Josefine sieht auf das Foto der jungen Frau Zebunke am Küchentisch. Sie weiß, dass Anni Zebunke in diesem Kinderkrankenhaus
war, ihr Leben lang. Als Säuglings- und Kinderkrankenschwester.
Frau Zebunke war einmal mit Josefine zu jenem Krankenhaus
in Berlin-Weißensee gelaufen. Das erste Kinderkrankenhaus mit
Säuglingsstation in Preußen. Es war ein berühmtes Krankenhaus,
damals. Josefine sieht noch die Ruine vor sich, die das Krankenhaus heute ist.

Es steht seit 1997 leer. Heute – so heißt es – ist die Bausub-
stanz dieser Häuser nicht mehr zu retten. Die Gebäude standen
jetzt zu lange leer. Das Krankenhaus wird in wenigen Jahren
verschwinden. Auch das weiß Josefine. Das Kinderkrankenhaus
wird verschwinden, so wie Hans damals verschwunden ist.
Und so wie Frau Zebunke jetzt verschwindet. Und Rosa Thieme
verschwinden wird.

Josefine wird fast zornig.

Woran wird man sich einmal erinnern können, wenn nicht einmal mehr die Gebäude überleben? Das Gebäude zum Beispiel, in dem Rosa Thieme und Anni Zebunke sich kennengelernt haben?

»Anni hat sich rührend um Albert gekümmert und alles möglich gemacht, Milch besorgt, Nahrung. Das war damals, im September 1943, nicht einfach. Anni und ich, wir haben uns in diesen Tagen, als wir um das Leben Alberts bangten, angefreundet. Sie ist eine wunderbare Person. Nach einigen Nächten im Krankenhaus durfte ich sogar in ihrer Wohnung übernachten.«

»Sie kennen unser Haus!«, ruft Josefine.

»Natürlich kenne ich es«, sagt Rosa Thieme. Jetzt lächelt sie.

»Straßburger Straße, später Meyerbeer. Ich war mit Albert damals drei Wochen in Berlin! Er hat überlebt und ist gesund geworden. Das habe ich Anni zu verdanken.«

Rosa Thieme nimmt ein anderes Foto zur Hand. Das Foto mit dem Kochlöffel.

»Im November 1943 wurden die Verhältnisse in Berlin immer schwieriger. Die großen Luftangriffe hatten begonnen. Ich habe um meine Freundin Anni Zebunke gebangt. Ich habe sie bedrängt, nach Dreißigacker zu kommen. Zum Glück hat sie zugestimmt. Und dann ist sie geblieben, weil die Situation immer schlimmer wurde. Der Krieg kam uns immer näher. Immer näher. Das Kriegsende hat sie hier in Dreißigacker erlebt. Sie ist auch dann nicht gleich zurückgegangen, das wäre viel zu gefährlich gewesen. Erst im Frühjahr 1946 ist sie zurück nach Berlin. Sie hat in der Gastwirtschaft geholfen. Geholfen auch, als Albert klein war. Wir haben uns so gut verstanden. Schau, hier«, sagt sie.

Rosa Thieme ergreift das Foto, auf dem die beiden Frauen im Bett liegen.

»Das ist schon nach Kriegsende. Unser Dorf wurde 1945 zuerst
von Amerikanern befreit. Als sie immer näherkamen, die Amis,
da haben Anni und ich an einem Morgen im April 1945 weiße
Bettlaken an die Fenster gehängt. Der Frühlingswind wehte durch
das Dorf. Und dann kamen sie. Die Kinder des Dorfes liefen
hinter den amerikanischen Soldaten her wie junge Hunde. Es war
die elfte Panzerdivision der United States Army, die Dreißigacker
befreite. Es hat natürlich überhaupt keinen Widerstand gegeben.
Schön dumm wären wir gewesen!

Als die Amerikaner unsere Straße herunterliefen, gerade an unserem Gasthaus vorbei, dem *Goldenen Schwan*, da fingen plötzlich alle Kirchenglocken an zu läuten. Der Frühlingstag, der Wind, die weißen Laken – und dann die Kirchenglocken. Anni und ich haben uns umarmt.

›Der Krieg ist vorbei‹, hatte Anni gesagt. ›Der Krieg ist jetzt *vorbei.* ‹

Dann rollten die Amerikaner ein Telefonkabel aus. Und nach drei Monaten rollten sie das Telefonkabel wieder ein. Genauso schnell, wie sie es ausgerollt hatten. Plötzlich waren sie weg. Und die Russen waren da.«

Zwei Fotos hat Rosa Thieme noch nicht in die Hand genommen.

Während Josefine noch überlegt, ob und wie sie danach fragen soll, sagt Rosa Thieme:

»Jetzt ist sie gestorben, meine Anni. Und ich habe sie nicht mehr gesehen. Wir hatten in den letzten Jahren keinen Kontakt mehr. Aber sie war mir immer nah.«

»Wir hatten ein Fest für sie organisiert«, antwortet Josefine. »Ein Sommerfest mit allen Mietern des Hauses. Weil Frau Zebunke fünfundachtzig Jahre alt geworden war. Und wegen ihres Wohnjubiläums. Sie hat in diesem Sommer siebzig Jahre in unserem Haus gewohnt. Ein Mieter hat eine Rede auf sie gehalten. Eine sehr schöne Rede, Frau Thieme. Eine sehr würdige Rede. Dann haben wir noch getrunken und gefeiert, und dann sah es aus, als schliefe Anni Zebunke. Sie war eigentlich nicht krank. Ich wusste es jedenfalls nicht. Sie konnte nur nicht mehr so gut gehen. Und sie war ein bisschen schwerhörig.«
Josefine laufen schon wieder die Tränen über das Gesicht.

Rosa Thieme erhebt sich entschlossen.
»Wohin gehst du, Mutter?«, fragt Albert.
»Meine Tasche packen.«
»Jetzt?«, fragt Albert. »Es ist zehn Uhr abends. Du musst dich ausruhen!«
»Ich fahre nach Berlin«, sagt Rosa Thieme. »Oder gibt es keine Trauerfeier? Der junge Mann da, der Herr Engel, der wird mich fahren, nicht wahr? Sicherlich liebt er Autos ebenso sehr wie sein Vater.«

Nachtfahrt II

Um Mitternacht starten sie Richtung Berlin. Richard lenkt den Wagen auf die A71. Albert sitzt neben ihm, hinten im Wagen sitzen Rosa und Josefine. Mit was für einer Ladung sie zurück nach Berlin kommt, denkt sie.

»Wann haben Sie Frau Zebunke eigentlich den Füllfederhalter geschickt?«, fragt sie.
»Das war, als sie damals in Rente gegangen ist. 1983 muss das gewesen sein. Schon damals schrieben wir einander kaum mehr Briefe. Ich weiß nicht, ob Anni Zebunke je mit dem *Herrenstück* geschrieben hat.«

»Ich wusste gar nicht«, sagt Richard jetzt endlich, »dass mein Vater überhaupt Kontakt zu euch hatte.«
Josefine weiß, wie schwer ihm diese Sätze fallen. Aber er klingt ruhig. Sie bewundert ihn dafür.
»In unserer Familie wurde immer davon geredet, dass es – *auf Wunsch beider Seiten* – keinen Kontakt gab. Dass er dir einen Füllfederhalter zu deinem 18. Geburtstag geschickt hatte, das hat mich damals sehr überrascht, als ich deinen Brief las, Albert.«
Sowohl Rosa als auch Albert Thieme schweigen.

Schließlich räuspert sich Albert Thieme und sagt:
»Der Füller war das letzte, was ich von ihm bekam. Danach gab es tatsächlich keinen Kontakt mehr. Das lag aber nicht an unserem Vater. Es lag daran, dass ich meiner Arbeit wegen keine soge-nannten *Westkontakte* mehr haben durfte. Also keinen Kontakt zu Familienangehörigen oder Bekannten aus dem westlichen Ausland, wie das damals hieß.«
»Wegen der Fledermäuse?«, fragt Richard.
Albert Thieme stößt Luft durch die Nase aus. Josefine weiß nicht, ob er belustigt ist oder nicht.

»Ich bin erst nach der Wende Fledermausforscher geworden«, sagt er. »Nach 1989. Bis 1989 war ich Handelsvertreter der DDR.«
»Handelsvertreter!«, sagt Josefine.
Das hätte sie nun von Albert am allerwenigsten geglaubt.

»Die DDR war wirtschaftlich auf ihren Außenhandel angewiesen«, sagt Albert. »Ein Drittel unseres Außenhandels fand im westlichen Ausland statt. Ein Drittel! Dabei waren wir bis 1972 international gar nicht anerkannt als eigener Staat. Erst nach der Anerkennung konnten wir in den westlichen Ländern Botschaften einrichten und normale diplomatische Kontakte aufnehmen. Vorher lief vieles nur über uns. Uns Handelsvertreter!«
»Also viel herumgekommen?«, fragt Richard. »Fremde Länder gesehen?«
»Finnland, Schweden, Island«, sagt Albert.
»Unglaublich«, sagt Richard. »Und ich dachte immer, der arme Junge da drüben im Osten.«

»Nur, wie gesagt: keine Westkontakte«, sagt Albert. »Das war Voraussetzung für die Arbeit. Und das war mit unserem Vater natürlich schwierig. Wir hatten ja am Anfang …«, Albert unterbricht sich.
Er sieht sich nach seiner Mutter um. Rosa Thieme nickt ihm zu.
»Wir hatten am Anfang regelmäßig Kontakt zu Erich Engel. Ich habe ihn als Kind und Jugendlicher … öfter getroffen. Meine … meine Mutter auch.«

Josefine wartet darauf, dass etwas passiert. Jetzt hat auch Richard Engel die Antwort auf eine Frage erhalten. Aber er regt sich nicht. Er schweigt und fährt und fährt und schweigt. Gerade als das Schweigen unangenehm wird, lenkt Richard den Wagen auf einen Rastplatz.

»Kann jemand anders weiterfahren?«, fragt er. Seine Stimme klingt leise und müde.

»Ich«, sagt Josefine sofort.

Sie tauschen die Plätze. Josefine weiß gar nicht, wie der große Richard dort hinten neben Rosa Thieme Platz gefunden hat. Sie fährt los und lenkt den Wagen von der A4 auf die A9 Richtung Berlin.

»Spätestens seit 1956 war die Firma Engel aus Bamberg regelmäßig auf der Leipziger Messe vertreten«, fährt Albert Thieme nun fort. »Die Leipziger Messe wurde ja bald zum wichtigsten Zentrum für den Ost-West-Handel. Das hatten die großen westdeutschen Firmen auch bald begriffen. Die westdeutschen Firmen, und unser Vater mit ihnen. Es war für ihn auch eine gute Gelegenheit, in die DDR zu kommen. Und uns ... nun, uns zu sehen.«

Leipziger Messe
Leipzig zählt mit seiner 850-jährigen Tradition zu den ältesten Messestandorten der Welt. Nach dem Zweiten Weltkrieg fand die erste Messe im Mai 1946 statt, die von den Veranstaltern »Friedensmesse« genannt wurde. Von 1946 bis 1990 fanden jährlich im Frühjahr und Herbst Universalmessen statt. Zur Herbstmesse 1954 hatte sich die Anzahl westdeutscher und Westberliner Aussteller bereits verdoppelt. Die Besucherzahlen pendelten sich um die 600.000 ein. Die Zahl der Aussteller lag in den fünfziger und sechziger Jahren um die 10.000, die bis zu 300.000 m^2 Ausstellungsfläche nutzten. Im März 1991 fand die letzte Leipziger Universalmesse der Geschichte statt. Danach wurden die Universalmessen durch Fachmessen ersetzt. Im April 1992 wurde ein neues, modernes Messegelände am nördlichen Stadtrand eröffnet. Heute zählt die Leipziger Messe zu den großen Messeanbietern in Deutschland.

Josefine versucht, Richard im Rückspiegel zu erkennen, aber da er genau hinter ihr sitzt, kann sie ihn nicht sehen. Sie kann sich auch nicht umdrehen, da sie ja fährt. Dabei hätte sie so gern sein Gesicht gesehen. Also doch, denkt sie, also doch.

»1956, als er zum ersten Mal auf die Messe kam, war ich 13 Jahre alt. Meine Mutter und ich fuhren damals für zwei Tage nach Leipzig und trafen ihn. So ging es einige Jahre, Richard. Du wusstest das nicht, nehme ich an.«
Richard sagt noch immer nichts. Josefine spürt ihn im Rücken. Das ist *seine* Geschichte, denkt sie. Die Kehrseite des glänzenden Reichtums seiner Kindheit und Jugend.

»Unser Vater, Richard, hat mich ja überhaupt erst auf den Gedanken gebracht, in den *Außenhandel* zu gehen! Seit ich 13 Jahre alt war, war ich jedes Jahr zweimal auf den Messen in Leipzig. Neben unserem Vater habe ich dort auch all die ausländischen Gäste gesehen. Das hat mir gefallen. Dass am Ende diese Karriere bedeutete, spätestens 1968 den Kontakt zu Erich Engel vollständig aufzugeben, zu meinem Vater, der mir diesen Weg ja erst gezeigt hatte … das war … nun, Ironie des Schicksals, sagen wir.
Ironie des Schicksals war auch, dass ich unter anderem die Edelfüller aus dem VEB Schreibgeräte Barbarossa im Ausland verkauft habe. Vor allem in Finnland. Mit Finnland hatten wir außerordentlich gute Handelsbeziehungen. Ich musste dann nur aufpassen, auf der Messe in Helsinki nicht unserem Vater in die Arme zu laufen.«

Eine Weile ist Ruhe im Auto. Sie nähern sich schon dem Berliner Ring.

Josefine sieht im Rückspiegel, wie Rosa Thieme eine Hand auf Richards Oberschenkel legt. Sie sagt:
»Ich habe Ihren Vater geliebt, Richard. Das müssen Sie mir glauben. Aber erst später. Damals, 1942 und 1943, da war es wohl nur eine Dummheit, die in unserem Gasthaus in Dreißigacker wie ein Kinderstreich begann. Dass ein Kind daraus wurde, habe ich nicht wenige Male bereut. Aber wenn ich Hilfe gebraucht habe, war Erich da. Wie damals, als er den Aufenthalt in Berlin ermöglicht hat. Man kann das von außen schlecht verstehen, Richard. Ich weiß. Er war ein verheirateter Mann. Dennoch. Die Jahre, in denen wir uns in Leipzig trafen, einmal im Frühjahr, einmal im Herbst, sie gehören zu den schönsten Jahren meines Lebens. Es tut mir leid, Ihnen dies so zu erzählen, Richard. Für Sie und Ihre Mutter in Bamberg muss das sehr schwer gewesen sein.«

»Ich …«, erwidert Richard.
Es fällt ihm sichtlich schwer zu reden. Josefine hat Mitleid mit ihm. Was macht man mit einem Vater, der viele Jahre lang die Unwahrheit erzählt hat? Aber war es denn nicht besser, *dass* er die Unwahrheit erzählt hat? Was hätte Richards Mutter, die sich selbst »alleinstehend« nannte, denn mit dieser Wahrheit überhaupt anfangen sollen? Anfangen können?

»Ich wusste davon nichts«, sagt Richard schließlich.
Vielleicht hätte er nie davon erfahren sollen, sagt sich Josefine.

BERLIN II

Trauerfeier

Früh um vier Uhr sind Josefine, Richard Engel, Rosa und Albert Thieme endlich in der Meyerbeerstraße 26 angekommen. Sie betreten den Hausflur, und Josefine schließt für einen Moment die Augen. Sie riecht das Treppenhaus, sie atmet die Luft ein. Es riecht noch nach Frau Zebunke. Dann muss sie sich aber doch plötzlich am Treppengeländer festhalten.
Etwas fehlt.
Sie hört das tiefe *Tick-tock* der Uhr nicht. Das tiefe *Tick-tock* von Anni Zebunkes Standuhr, das man immer schon im Treppenhaus hören konnte. Josefine hört es nicht mehr.
Die Uhr ist stehen geblieben.

Josefine öffnet mit dem Schlüssel, den sie vor bald fünf Tagen aus der Schürzentasche von Anni Zebunke genommen hat, für Rosa und Albert Thieme die Tür zu Anni Zebunkes Wohnung. Sie ist sich sicher, dass Anni Zebunke nichts dagegen gehabt hätte: ganz im Gegenteil. Ihre alte Freundin Rosa bei sich zu haben und Albert, dem sie einmal das Leben gerettet hat. Das hätte ihr Freude bereitet.

Richard Engel nimmt sie mit nach oben. Carlos schläft tief und fest. Sie macht Richard Engel ein Bett auf dem Wohnzimmersofa zurecht und geht dann selbst erschöpft schlafen.

Am nächsten Morgen klingelt sie bei Herrn Groschmann.
»Josefine!«, sagt er. »Endlich! Fast verpassen Sie noch die Trauerfeier! Wo haben Sie so lange gesteckt?«
»Ach, Herr Groschmann, das ist eine lange Geschichte. Erzählen Sie lieber von Ihren Neuigkeiten.«
»Also«, beginnt Herr Groschmann, »Frau Zebunke wird hier auf dem St.-Hedwig-Friedhof beigesetzt, gleich neben dem jüdischen Friedhof. Lange habe ich überlegt, ob ich die Trauerrede über-

nehmen soll. Aber ich bin zu dem Schluss gekommen, dass ich das nicht kann. Ich habe erst vor fünf Tagen eine Rede auf Anni Zebunke gehalten! Und diese Rede bleibt. Ich kann nichts anderes sagen, und schon gar nicht zu diesem Anlass.«

»Wann findet die Trauerfeier statt?«, fragt Josefine.

»Heute um 16 Uhr«, sagt Herr Groschmann. »Der Pfarrer bereitet sich auf die Rede vor.«

»Ich habe eine bessere Idee«, sagt Josefine.

Am Nachmittag versammelt sich eine kuriose Trauergemeinde in der kleinen Friedhofskapelle auf dem St.-Hedwig-Friedhof in der Smetanastraße. Richard Engel hat sich inzwischen mit den Mietern des Hauses Meyerbeer 26 bekannt gemacht. Er steht etwas abseits und unterhält sich mit Wolfgang Nelles. Sie sind die beiden einzigen Westdeutschen, die anwesend sind. Josefine steht bei Rosa Thieme und dem Pfarrer. Frau Groschmann hat in den letzten drei Tagen ausschließlich am Blumenschmuck für die Kapelle gearbeitet, wie sie sagt.

»Ich hätte Ihre Hilfe schon gut gebrauchen können«, sagt sie zu Josefine. »Wann fangen Sie bei mir im Laden an?«

Aber Josefine wird nicht im Blumenladen von Frau Groschmann anfangen. Das hat sie in den letzten fünf Tagen verstanden. Sie muss es Frau Groschmann nur noch sagen.

Später.

Den größten Teil der Trauerrede übernimmt Rosa Thieme. Als sie vor der kleinen Trauergemeinde steht und beginnt, von der jungen Anni Zebunke zu erzählen, schließt Josefine die Augen. Sie ist sehr müde. Die Bilder verschwimmen ihr. Objektiv muss sie sich eingestehen, dass sie keine Verwandten dritten und vierten Grades gefunden hat. Objektiv muss sie sich eingestehen, dass sie sich in eine fremde Familiengeschichte eingemischt hat. Sie muss sich eingestehen, dass sie Richard Engel wahrscheinlich ein wenig unglücklicher gemacht hat.

Auf der anderen Seite hat sie Rosa Thieme gefunden. Sie hat etwas aus Anni Zebunkes Leben freigelegt und eine Zeitzeugin nach Berlin gebracht. Gerade erzählt Rosa Thieme davon, wie Anni Zebunke Albert das Leben gerettet hat. Auf der ganzen Welt hätte es keinen würdigeren Redner geben können, denkt sie, als diese Rosa Thieme. Dass Josefine sie gefunden hat, ist ein Wunder.

Es war also richtig, dass sie die Dinge nicht einfach hingenommen hat. Dass sie sich aufgelehnt hat. Es war richtig, dass sie den Schlüssel aus Annis Tasche genommen hat, als sie neben ihr gekniet hat vor fünf Tagen. Es war richtig, dass sie nachts in die Wohnung von Anni Zebunke gegangen ist und die alte Schachtel mitgenommen hat. Es war richtig, dass sie festgehalten hat und nicht losgelassen. Und war es nicht dennoch vergeblich?

Nach der Trauerfeier gehen alle gemeinsam in ein nahegelegenes Café. Von Rosa Thieme sind alle sehr beeindruckt.
»Was passiert denn nun mit den ganzen Sachen von Anni Zebunke?«, fragt Josefine.
»Oh!«, sagt Herr Groschmann und schaut überrascht auf. »Das habe ich Ihnen ja noch gar nicht erzählt!«
»Was?«, fragt Josefine tonlos.
»Es gibt eine Erbin«, sagt Herr Groschmann.
»Aber es war doch kein Testament vorhanden! Und bei den Behörden lag nichts vor!«
»Nein, in der Tat«, antwortet Herr Groschmann. »Aber ich habe in den vergangenen Tagen, als Sie unterwegs waren, Josefine, natürlich insistiert. Ich habe protestiert. Ich habe wieder und wieder dort angerufen. Auf dem Standesamt. Und auf dem Nach-

lassamt. Ich hielt es für unmöglich, dass es keine Verwandten geben sollte. Beziehungsweise, dass dazu keine Informationen vorliegen sollten. Am Ende hat man herausgefunden, dass es eine 1970 geborene Großnichte gibt. Sie ist heute 38 Jahre alt. Eine Großnichte dritten Grades. Sie ist die alleinige Erbin nach der gesetzlichen Erbfolge in Deutschland.«

Josefine starrt Herrn Groschmann an.

»Diese Großnichte dritten Grades lebt in Holland«, ergänzt Herr Groschmann.
»Aber sie kennt Frau Zebunke doch gar nicht.«
»Nein, soweit wir wissen, nicht. Immerhin kommt jetzt alles in gesetzliche Ordnung.«

Josefine starrt den Kuchen vor sich auf dem Teller an. Tropfen beginnen auf den Kuchen zu fallen. Richard Engel setzt sich neben sie und legt einen Arm um ihre Schulter.
»Josefine. Ich bin sehr froh, dass du nach Bamberg gekommen bist. Ich bin sehr froh, dass du mich gefunden hast.«
Josefine schüttelt den Kopf. Sie sieht Richard von der Seite an und sagt:
»Eingemischt habe ich mich. Du hättest das alles niemals erfahren sollen.«
Richard blickt ihr fest in die Augen.
»Ich habe in diesen letzten Tagen viel gelernt, Josefine. Von dir. Das darfst du nicht vergessen. Das Akzeptieren der Umstände, ganz unabhängig von der Frage, ob sich spezifische Wünsche buchstabengetreu erfüllen. Das habe ich von dir gelernt.«
Josefine versteht nicht, was Richard meint. Sie trocknet ihre Tränen.
»Deine Reise war absolut notwendig«, sagt auch Albert Thieme. Herr Groschmann nickt und sagt:

»Und es ist richtig, dass *wir* heute Anni Zebunke verabschiedet haben. Wir waren schließlich ihre Hausgemeinschaft. Eine unbekannte Großnichte dritten Grades kann nur auf dem Papier eine Erbin sein.«

Nach dem Kaffeetrinken löst sich die Kaffeetafel auf. Albert und Rosa Thieme verabschieden sich von allen. Josefine hat Rosa Thieme das Foto der jungen Anni Zebunke am Küchentisch und das Foto mit dem Kochlöffel geschenkt. Albert Thieme erhält das Porträtfoto von Herzog Georg II. mit seiner Unterschrift.
»Für dich habe ich nichts«, sagt Josefine zu Richard.
»Du hast viel für mich getan«, sagt Richard. »Ich fahre die beiden jetzt nach Meiningen, dann fahre ich weiter nach Bamberg. Ich muss meine Manufaktur einmal wieder aufmachen, sonst kann ich gleich ganz schließen. Ich zähle aber auf dich, Josefine. Darauf, dass du bald kommst. Wenn du willst, zeige ich dir alles, was ich über das Herstellen von Füllfederhaltern weiß. Ich brauche jemanden. Du kommst doch?«
»Und ob ich komme«, sagt Josefine.
Abends räumt Josefine die restlichen Fotos und das Herrenstück zurück in die alte Schachtel. Carlos sieht ihr dabei zu. Als Josefine den Deckel auf die Schachtel setzt, sagt er:
»Jetzt hat die Schachtel doch noch eine richtige Besitzerin gefunden.«
»Ich bringe sie besser nach unten, bevor diese Großnichte dritten Grades hier auftaucht«, sagt Josefine.
»Bist du verrückt?«, sagt Carlos. »Ich meinte dich! Das ist *deine* Schachtel.«
»Aber …«, sagt Josefine.
»Und ich finde, dir gehört noch etwas anderes. Los, komm.«

Und so kommt es, dass die Mieter im Haus am nächsten Tag wieder das tiefe *Tick-tock* der alten Standuhr hören, die in Frau

Zebunkes Flur stand. Das *Tick-tock* kommt jetzt aus dem ersten Stock. Es ist sehr deutlich zu hören. Und auch die Schläge zur vollen Stunde. *Dong – dong!* Zwei Uhr.

Den Schlüssel hat Josefine an das Schlüsselbrett in Anni Zebunkes Wohnung gehängt. Und dann haben sie die Tür einfach hinter sich zugezogen.